The Plus One Chronicles

UMA PROPOSTA SEDUTORA
JENNIFER LYON

Editora Charme

Copyright© 2014 Jennifer Lyon
Copyright da tradução 2014 Editora Charme

Todos os direitos reservados.
Nenhuma parte deste livro pode ser reproduzida, digitalizada ou distribuída de qualquer forma, seja impressa ou eletrônica, sem permissão. Este livro é uma obra de ficção e qualquer semelhança com qualquer pessoa, viva ou morta, qualquer lugar, evento ou ocorrência é mera coincidência. Os personagens e enredos são criados a partir da imaginação da autora ou são usados ficticiamente. O assunto não é apropriado para menores de idade.

1ª Impressão 2014

Produção Editorial - Editora Charme
Capa: Sommer Stein
Foto: Shutterstock
Tradução: Monique D'Orazio
Revisão: Cristiane Saavedra

Este livro segue as regras da Nova Ortografia da Lingua Portuguesa.

CIP-BRASIL, CATALOGAÇÃO NA PUBLICAÇÃO
SINDICATO NACIONAL DE EDITORES DE LIVROS, RJ

Lyon, Jennifer
Uma Proposta Sedutora / Jennifer Lyon
Titulo Original - The Proposition
Série The Plus One Chronicles- Livro 1
Editora Charme, 2014.

ISBN: 978-85-68056-05-9
1. Romance Estrangeiro

CDD 813
CDU 821.111(73)3

---

www.editoracharme.com.br

The Plus One Chronicles
JENNIFER LYON

UMA PROPOSTA SEDUTORA

Tradução: Monique D'Orazio

Editora Charme

Dedicatória

Para todos aqueles que se recusam a desistir. Continuem lutando e lembrem-se: quando a vida der limões, façam *cupcakes* de limão.

Capítulo 01

Alheia à música e ao barulho da festa de casamento que estava a todo vapor, Kat Thayne analisou sua criação com um olhar crítico. O bolo customizado erguia-se em cinco surpreendentes andares de pasta americana branca como a neve e enfeitado com flores de lavanda, gotejando cristais Swarovski. Pombas de chocolate branco carregavam caprichosos laços de fita cor de lavanda, feitos de açúcar, envolvendo as camadas. O efeito era delicado e de um opulento romantismo.

Determinada a garantir que as fotos do corte do bolo ficassem maravilhosas, Kat trocou algumas flores que estavam ficando murchas por outras frescas.

— Pronto?

A voz impaciente do fotógrafo invadiu sua concentração. Kat lançou um olhar fulminante.

— Eu fico te dizendo como bater as suas fotos?

Ele deu um grunhido irritado, mas manteve a boca fechada até que Kat fechasse a maleta de apetrechos, agarrasse a alça e recuasse. Ele logo entrou em ação, tratando o bolo como uma modelo de capa de revista em roupa de banho, testando ângulos para as melhores fotos.

Kat perdoou instantaneamente sua insistência anterior. Se seus bebês de açúcar fossem tratados do jeito certo, ela podia fazer vistas grossas para qualquer coisa.

Saindo do caminho, enfiou-se em um dos muitos cantos que o California Opalescent Hotel de La Jolla oferecia e examinou o salão de baile. O tema da noiva, Noites de Diamante, foi trazido à vida com rosas brancas envoltas por metros de fitas de cetim, e uma profusão de cristais muito bem desenhados. A representação da noite foi feita com iluminação dramática cor de lavanda derramando-se do teto abobadado, reluzindo com cristais em forma de estrelas.

Um palco perfeito para a noiva em seu vestido branco de corte ajustado, enfeitado com cristais costurados a mão. Ela parecia estar se deliciando com a adoração de seus convidados.

Kat estremeceu em pensamento. A ideia daquele tipo de atenção direcionada a ela a deixava um tanto desconfortável. Havia nascido num mundo de riqueza e privilégios, mas não se encaixava nele e nunca se encaixaria. O trabalho de tentar ser algo que ela não era quase a destruiu. Depois de um assalto brutal, há seis anos...

Nem comece.

Estava ali para fazer o trabalho que amava, não para reviver memórias antigas.

Desviando os pensamentos, observou os convidados exibindo vestidos deslumbrantes e smokings que deviam valer o preço de seu carro. Andavam, conversavam e riam enquanto tomavam champanhe Cristal. Os vestidos eram verdadeiras obras de arte; ela gostava de estudar suas linhas, visualizando os arabescos e desenhos que poderia replicar em seus bolos.

Kat voltou a atenção para a noiva aproximando-se do bolo, cercada pelas damas de honra, com o noivo tolerante seguindo atrás. Os convidados se reuniam em volta.

Ouviu os sussurros. Elogios pelo seu trabalho pairavam ao redor. Era o som mais doce e o que lhe causava mais satisfação.

De repente, uma agitação se propagou pelo grupo de pessoas como uma faísca de eletricidade.

Os convidados viraram a cabeça, olhando além de onde Kat estava, parcialmente escondida por uma coluna envolta em flores.

Mesmo a noiva diminuiu o passo para examinar o recém-chegado.

De seu local protegido, Kat vislumbrou o que tinha causado o tumulto.

Na porta do salão estava um homem. Alcançando praticamente dois metros de altura, elevava-se sobre todos no local. Usava um elegante smoking preto da cor da meia-noite, sem um pingo de outra cor para amenizá-lo. Até a camisa e a gravata eram negros. Parecia a Morte. Uma Morte muito sexy e intrigante.

Ansiedade começou a agitar a multidão, crescendo e borbulhando. *Tudo isso por um homem.* Kat era imune ao charme efêmero que sempre enfraquecia e morria rapidamente. No entanto, ela era humana, afinal de contas, e estava curiosa a respeito do homem que tinha o grupo riqueza-e-poder praticamente vibrando. Ela desviou-se para sair de trás do pilar e se certificar de que não perderia nada.

O recém-chegado se moveu com fluidez, depois da sua dramática pausa na porta, se deslocando a passos largos. Para um homem enorme, movimentava-se com uma leveza surpreendente, seguindo caminho por entre as mesas e se aproximando de onde Kat estava. Todos os olhos no salão seguiram seu percurso.

Instintivamente, ela recuou para se proteger no canto. A maleta de apetrechos pendurada em sua mão bateu na parede com uma pancada abafada. *Droga.*

O homem parou de maneira suave e dirigiu um olhar poderoso na direção dela.

Como chocolate misturado com água, ela se viu presa numa bolota imóvel. Os olhos escuros e intensos do desconhecido a despiram do instinto habitual de desaparecimento no pano de fundo. Deixaram-na exposta. Capturam-na. Ela absorveu sua magnitude: cabelos pretos como carvão com uma onda de *bad boy*, íris de um castanho tórrido, iluminadas por traços de cor âmbar. Os ângulos de seu rosto eram brutalmente quadrados. Mesmo o queixo era severo, como escarpas esculpidas pela experiência.

Suas mãos coçaram para trilhar a beleza selvagem daquele rosto, para memorizar as linhas implacáveis e recriá-las mais tarde, em um de seus bolos.

Ela ouvia o próprio coração nos ouvidos. Sua pele formigava, os pelos de seus braços arrepiaram-se numa reação eletrificada.

Droga, ela não era tão imune como pensava.

Com esforço, Kat desviou o olhar, determinada a recuperar o controle. Não tivera esse tipo de reação a um homem em... bem...

Nunca.

Por reflexo, apertou os dedos da mão esquerda em torno da alça de plástico da maleta de apetrechos e fez uma força enorme para combater a estranha atração faiscando no seu interior. Ela não saía com ninguém. Não podia. *Não olhe. Ele vai continuar caminhando. Estou apenas prestando serviço. Não olhe.* Ela se concentrou no bolo. Sua criação. Isso pareceu ajudar.

Só que sua visão periférica estava funcionando perfeitamente bem. O homem virou para esquerda.

Estava vindo em sua direção.

Todos os olhos no salão o acompanharam e recaíram sobre ela. *Ai, merda.* Enquanto o foco estivesse em seus bolos ou nos biscoitos, ou até mesmo no seu ramo de negócios de maneira geral, ela estaria bem.

Firme.

Totalmente no controle.

O olhar atento do recém-chegado queimava sua pele, criando uma sensação de hiperconsciência, fazendo aquele controle se derreter numa poça de nervosismo e preocupação. Esmagando a vontade de correr, ela reuniu toda sua determinação e o encarou.

Ele estava a poucos metros de distância, chegando cada vez mais perto, aprisionando-a no canto que momentos antes tinha sido seu refúgio. Ele estudava suas feições com concentração singular e Kat sentiu-se numa prisão. Inspirou fundo, desesperada pelo oxigênio que a acalmaria.

Em vez disso, o cheiro de sabonete e algo sombrio e completamente masculino, a provocou.

Tentou entender o que aquele homem queria com ela. Ao seu redor, mulheres lindas, maquiadas e penteadas, usando vestidos e joias magníficos preenchiam o salão, fazendo-a ter uma consciência extrema de seu cabelo castanho, com mechas cor de lavanda, puxado para trás num simples rabo de cavalo, sua camiseta e calças pretas, cobertas pelo avental de trabalho. Então por que ele estava concentrado nela?

Ele parou bem na frente dela, e Kat lutou com desespero por uma sensação de calma que simplesmente não vinha.

Relaxando os músculos, também tensos demais, da garganta, ela perguntou:

— Posso ajudá-lo com alguma coisa? — Esperava que o tom parecesse desinteressado, embora achasse que a voz tinha saído rala e fraca.

O olhar dele percorreu um caminho despreocupado por seu rosto, descendo pela garganta e por todo o corpo até os tênis.

Era como se ele a estivesse despindo com os olhos. Kat ergueu a maleta de apetrechos num movimento brusco e a envolveu com os braços para poder segurar algo sólido.

Arqueando as sobrancelhas, ele perguntou:

— Eu te conheço?

A voz tinha um toque aveludado e as palavras a pegaram totalmente de surpresa. Não podia imaginar tê-lo visto alguma vez e esquecido. Algumas coisas podiam ter sido apagadas de sua memória, mas ele? Ninguém poderia esquecer um homem de presença tão marcante. Daquela distância ela viu uma cicatriz cruzando sua sobrancelha esquerda, e outra fazia uma meia-lua do lado direito de sua boca severa. Ele não era bonito do jeito clássico, mas, sim, de um jeito selvagem.

Responda!

— Não.

Baixando um pouco o queixo, ele a observou atentamente sob as sobrancelhas arqueadas.

— E se eu quiser te conhecer?

Um calor traiçoeiro floresceu em sua barriga. Ela o amenizou cravando a maleta de apetrechos no quadril. Aquele punhal de dor fez seu cérebro entrar em ação com um estalo. Ele só podia estar se divertindo à custa dos prestadores de serviço. Era a única explicação que poderia imaginar.

— Precisa de uma dúzia de biscoitos? Um bolo? Talvez um *brownie* de emergência?

Rugas vincaram o canto dos olhos dele.

— Que tipo de emergência exige um *brownie*?

Kat levantou a mão em um gesto despreocupado.

— Ah, o de sempre. Rompimentos. Sogros chegando de surpresa. O sempre popular lidar-com-o-chefe-idiota. Ficar sem vinho. E o clássico... — Ela parou, dizendo a si mesma para não continuar. Para calar a boca.

Desafio brilhou nos olhos dele.

—Vamos lá, não seja tímida. Devo conhecer a emergência clássica que exige um *brownie*.

Não fale. Mas sua boca já estava em movimento:

— TPM, ou para os desinformados, Tensão do Pretendente Mala.

Segundos se passaram.

Kat estava ciente, de forma brutal e nauseante, que tinha ido longe demais. Com um homem que era claramente poderoso. Importante. E com total foco nela. Seu estômago revirou, e a maleta deslizou em suas mãos, de repente, suadas. Ela a apertou mais e apenas esperou.

O canto esquerdo da boca dele se curvou.

— Algum confeito especial para o homem sofrendo com a rejeição cruel de uma confeiteira bonita?

Durante o espaço de um piscar de olhos, tudo em volta se dissipou, exceto o homem diante dela. Como se fossem as duas únicas pessoas naquele salão.

Alguém pigarreou.

Realidade penetrou a estranha névoa no cérebro de Kat que a fazia querer acreditar, de forma idiota, em elogios falsos. Porém não era boba, o estranho estava apenas brincando com ela, era uma forma de entretenimento. Hora de acabar com aquilo. Imediatamente. Ela baixou sua maleta de apetrechos e caminhou para o lado dele. Ignorando o aperto no peito, ela ergueu os olhos.

Bem na cara dele. O homem olhou-a como se ela fosse sua presa.

Lembrando-se de que estava perfeitamente segura num salão cheio de pessoas, Kat canalizou confiança fingida em sua resposta.

— Está em falta. Talvez você devesse tentar o bar local. — Sem esperar uma resposta, ela se dirigiu à porta da cozinha do hotel.

O peso de cada um dos olhares no salão eriçou suas terminações nervosas. Incluindo o dele. Especialmente o dele. Aquele olhar percorreu suas costas, dos ombros até o traseiro, deixando um rastro de arrepios compostos por uma mistura de desejo e medo.

Capítulo 02

Kat empurrou as portas da cozinha do hotel, atravessando-as e deixou escapar um suspiro de alívio. Havia escapado relativamente ilesa do misterioso homem envolvente e poderoso.

Antes que pudesse se recuperar por completo, porém, uma nova voz chamou sua atenção.

— Parabéns — cantarolou Kellen Reynolds, pegando a maleta de apetrechos da mão dela. — Eu sabia que você conseguiria tirar isso de letra. E todas as imagens da mídia vão trazer ainda mais clientes para a Sugar Dancer Confeitaria. — Seus olhos castanhos brilharam, mas depois se apagaram. — Ei, o que foi?

Kat percebeu que estava ali parada, ainda sentindo o calor do encontro queimando através dela.

— Não sei.

Num estranho estado entorpecido, notou que Kellen era quase o oposto do homem no salão de baile. Enquanto aquele era moreno e rude, Kellen era loiro e gentil. Os portes físicos também eram completamente opostos. O homem moreno era grande e de músculos avantajados, mesmo de terno, enquanto Kellen era mais baixo e esguio.

— Você está bem?

Precisava sair dessa.

— Estou, claro. Foi apenas... estranho. — De todas as mulheres no salão, por que ele se concentrou nela? E quem ele era?

— Explique. — Preocupação aguda transparecia no tom dele.

— Nada demais — ela o acalmou. Kat iniciou a história da entrada dramática do cara rico e importante.

Os ómbros de Kellen relaxaram. Ele atravessou a enorme cozinha industrial até uma pia funda de aço inox e colocou a maleta de apetrechos em cima do balcão próximo. Outros empregados corriam para dentro e para fora, transportando garrafas de café e jarros d'água. Estavam muito ocupados com os afazeres para prestar atenção em Kat e Kellen.

Já se sentindo mais equilibrada apenas estando perto do melhor amigo e colega de apartamento, Kat foi até ele. Com cuidado para não tropeçar no tapete preto com a perna ruim, tirou o relógio e terminou de explicar o encontro com o homem enérgico:

— Talvez seja um daqueles executivos pomposos que gostam de usar o poder para forçar as empregadas a transarem com ele. — Se bem que Kat duvidava. Ele usava o poder com muita naturalidade.

Kellen entregou-lhe os sacos de confeitar, os adaptadores e os bicos usados.

— Ou talvez esteja interessado em você.

Ela pegou os itens e riu para se livrar do pesar.

— Não estou interessada nele.

— Mentirosa.

Como poderia desejar tocá-lo, e ao mesmo tempo ter medo disso? Droga, ela era patética. Mas Kat não pensaria a respeito.

— Esqueça-o. — Ela ergueu o queixo e forçou um sorriso. — Meu bolo está uma obra-prima. Ficou demais. — Apesar de ter sido ofuscado pela entrada dramática do homem misterioso.

Kellen mostrou suas covinhas.

— Como eu sabia que ficaria, Kit Kat. Aliás, trouxe o carro para o beco. Assim que limparmos essa última parte, estamos prontos para nos mandar daqui.

Mergulhando as mãos na água com sabão, ela lavou com cuidado todas as fendas dos bicos de confeitar.

— Obrigada, Kel.

Kellen pegou um pano de prato e começou a enxugar a louça.

— Vi o convite para a festa de noivado do seu irmão no porta-luvas. Percebi que você ainda não tem um acompanhante.

Ela ergueu cabeça de repente.

— O que você estava fazendo no meu porta-luvas?

— Verificando se seu seguro estava em dia.

Ela piscou algumas vezes diante mentira deslavada.

— E estava?

Ele mostrou um sorriso de gato de cheshire

— Fui pego. Eu estava bisbilhotando. Olhando suas

coisas. Então, e o seu convidado? Preciso marcar na minha agenda?

Ansiedade queimou o esôfago de Kat, irritando-a. Tinha assinalado automaticamente o quadradinho indicando que levaria um acompanhante, pois não queria ir sozinha. Não era apenas por causa da família, embora por mais que Kat tivesse tentado se afastar nos últimos anos, mais eles tinham tentado controlá-la. Porém o problema verdadeiro seria a presença de seu ex-noivo.

— Tenho que ir — lembrou a si mesma com firmeza. Não havia muitas desculpas aceitáveis para faltar à festa de noivado do irmão.

— Então, sou o seu acompanhante?

Ganhando tempo, ela respondeu:

— O seu status de acompanhante já tem dono. Lembra do Diego? O cara com quem você está comprando uma casa?

Ele fez um gesto como quem não dava importância.

— O Big D não vai se importar, desde que eu garanta para ele alguns dos seus biscoitos. — Ficando sério, acrescentou: — Estou sempre disponível para você, Kat, especialmente em situações do tipo *"Lidando com a família"* e *"Noite do ex"*.

Em situações normais ela teria aceitado a oferta de cara. Queria aceitar. Ter Kellen ao seu lado era muito fácil, e ele sempre a fazia se sentir protegida. Era um escudo que a fazia conseguir o espaço que precisava para respirar. Porém, ultimamente, ela estava tentando se desfazer da dependência que tinha dele. Precisava se desfazer. Seu melhor amigo se mudaria assim que a casa dele e de Diego estivesse pronta.

— Quer saber? Acho que eu passo. Senão, você vai dar um jeito de andar pela casa e vasculhar meu antigo quarto para satisfazer sua necessidade compulsiva de bisbilhotar. — Ela enxaguou os últimos apetrechos, entregou-os para ele secar e acrescentou: — Mas agradeço tanto a oferta, quanto você ter vindo me ajudar hoje.

Ele sorriu.

— O prazer é meu. Sabe que eu adoro quando você fica me devendo favor.

— Sim, eu sei. Do mesmo jeito que eu sei o que você estava procurando quando fuçou no meu porta-luvas. — Ela deu-lhe um tapinha no braço. — Mas não está lá, nem em nenhum lugar que você possa encontrar. Não vou te mostrar o projeto do bolo para a inauguração da sua casa. — Vinha trabalhando nele desde que Kellen e Diego tinham feito uma oferta pela casa. Quando não conseguia dormir ela desenhava, querendo demonstrar todo o seu amor pelos dois homens através da criação. Morava com Kellen há cinco anos. Agora ele estava concluindo o doutorado em fisioterapia e montando casa com seu companheiro.

Ela se esforçava para manter os humores leves e guardar bem fundo os medos de ficar sozinha.

Depois de secar as mãos, tirou o avental da Sugar Dancer Confeitaria e sacudiu a cabeça.

— Você vai ver o bolo na sua casa no dia da festa.

— Como você é má — ele resmungou, fechando e prendendo a maleta de apetrechos. — Talvez, o Diego e eu, possamos ter alguma preferência a respeito do bolo. A festa é nossa.

Ela trocou o apoio de uma perna para a outra, tentando aliviar a dor na perna direita, enquanto percorria com os olhos a cozinha enorme do hotel para ver se não estava esquecendo nada. Todos os instrumentos estavam guardados. Os garçons cuidariam das sobras e dos pratos. Trabalho oficialmente encerrado.

Voltando-se para Kellen, ela revirou os olhos.

—Talvez você seja um maníaco por controle bisbilhoteiro. O Diego confia em mim. — O que era outro motivo pelo qual ela estava determinada a deixar de contar tanto com Kellen. Os dois homens estavam construindo uma vida juntos. Kat estava sobrando.

— Diego é um cachorrinho pidão no que diz respeito aos seus biscoitos. Isso é injusto demais. — Ele ergueu a maleta de apetrechos. — Vamos para casa comemorarmos o seu sucesso com uma taça de vinho.

— Isso sim que é descaramento. — Ela pegou as chaves e a bolsa de cima do balcão e tentou livrar o rosto das rugas de preocupação ao ir até ele. — Você está tentando me embebedar para olhar os meus rascunhos.

— Uma taça de vinho mais uma massagem nas pernas e você pode me dar qualquer coisa que eu quiser. — Ele abriu a porta e deu um sorriso espertalhão para ela. — Você é facinha.

— Se liga. — Kat saiu em direção a seu utilitário Santa Fe verde-claro da Hyundai e destravou as portas. Enquanto Kellen colocava a maleta na parte de trás, ela abriu a porta do lado do motorista e notou o pulso nu. — Droga, esqueci meu relógio. — Ela se virou para voltar e pegá-lo de cima do balcão, onde o tinha deixado para lavar os instrumentos.

—Vou buscar. — Kellen fechou o porta-malas, caminhou até a porta da cozinha e desapareceu dentro dela.

Kat entrou, jogou a bolsa no banco de trás e, segurando as chaves, estendeu a mão para a porta, que foi arrancada de seu alcance. As chaves escorregaram de sua outra mão.

Ela virou a cabeça com tudo, esperando Kellen.

Em vez disso, o clarão da luz de segurança revelou dois homens vestindo camisas escuras e pura ameaça. Um estava tão perto que a prendeu contra o carro. O outro estava a poucos metros, girando a cabeça de um lado para o outro, como um cão de caça farejando o alvo.

Kat sentiu os lábios e os dedos ficarem dormentes. Suor frio brotou de sua pele. Um rugido começou a crescer em seus ouvidos, e tudo ao redor ficou difuso. Cinzento.

O homem moveu a mão depressa, pegando seu rabo de cavalo e puxando-o para si.

Kat fechou os dedos ao redor do volante. Não conseguia movê-los para revidar. O medo paralisou seus músculos de uma maneira familiar demais.

Oh, Deus. Será que desta vez eu vou morrer?

— Cai fora, vadia. — Ele puxou mais forte, sem brincadeira, tentando arrastá-la para fora do carro pelos cabelos.

O outro cara deu um passo na direção deles. Algo brilhou em sua mão.

Antes que ela pudesse identificar o objeto, a porta da cozinha se abriu e todo o metro e setenta e oito de Kellen estava lá. Seu rosto se transformou de confuso em furioso num instante.

O segundo homem levantou o braço e Kat viu exatamente o que estava em sua mão. *Faca.* Horror explodiu. Ela lutou para se mexer, para gritar. Para alertar Kellen.

Porém, um ataque de pânico poderoso paralisou seu controle muscular. Borrou sua visão periférica.

Kellen fez menção de disparar em sua direção.

O segundo homem se virou e enfiou a faca nele. O rosto de Kellen se contorceu. A boca se abriu. Nada saiu. As pernas desabaram e ele despencou numa confusão frouxa de braços e pernas.

Um grito encheu a cabeça de Kat, mas ficou preso na garganta.

O agressor agarrou seus braços, puxando as mãos dormentes do volante, e a jogou no chão.

Kat atingiu o asfalto com as mãos e joelhos. De cabeça baixa, ela fez um esforço tremendo para conseguir ar nos pulmões. Lutou contra a necessidade de largar o corpo e ficar em posição fetal.

Kellen. Ela tinha que chegar até ele.

— Vamos embora! — gritou o homem perto do carro.

As pernas do homem armado com faca golpearam o chão ao redor de Kat e seguiram para a parte traseira do carro.

Forçando mais ar para dentro e para fora, ela sentiu a sensibilidade pinicando os dedos. Levantou uma das mãos e a colocou para a frente, pousando-a no chão adiante. Em seguida, um joelho. Arrastou-se decidida pelo asfalto, olhando para Kellen estatelado no chão, com sangue escurecendo a área no centro de seu abdome.

— Vou pegar as chaves da vadia.

Kat arriscou um olhar para trás, em direção à voz. O bandido saiu do banco do motorista.

Ai, merda, tinha deixado as chaves caírem. Terror apertou sua garganta. Iam matá-la e a Kellen também se ela não fizesse alguma coisa.

A porta da cozinha se abriu. Desesperada por ajuda, Kat virou a cabeça.

Ele. O homem que por último entrara na festa. Seu olhar severo captou a cena, transformando-se de intenso a furioso num piscar de olhos. As maçãs do rosto eram proeminentes, os olhos faiscavam. Ele entrou em ação de repente, arrancando o paletó e jogando-o para ela.

— Pressione a ferida. Ligue para o 190.

O paletó a atingiu como um balde de água gelada, dissipando a névoa. Kat agarrou a peça de roupa e disparou para a frente, ficando ao lado de Kellen.

A camiseta estava encharcada de sangue.

Seus lábios começaram a adormecer outra vez. Não! Ela ergueu a blusa dele para ver o estrago.

Sentiu o estômago revirar ao ver a ferida. Engoliu em seco e apertou o casaco sobre o corte horrível.

Foi preciso todo o seu esforço para pronunciar as palavras:

— Você vai ficar bem.

A expressão dele estava contrita pela dor. Pálida. Pânico dilatava suas pupilas.

— Não consigo.

— O quê? — Ela se inclinou para frente.

— Respirar — ele sussurrou.

Oh, Deus. Tinha que fazer alguma coisa. Então lembrou-se das ordens de seu salvador. Mantendo a pressão sobre a ferida, procurou nos bolsos de Kel, encontrou o celular e ligou para o 190 com uma das mãos.

Olhou para o homem que tinha saído e assumido o controle, e o telefone quase escorregou de sua mão. Ele estava bem agachado, de frente para o homem da faca.

O outro, o que a tinha atacado, estava no chão. Imóvel.

— 190, qual é a sua emergência? — uma voz falou ao telefone.

Kat forçou-se a responder com calma.

— Estamos sendo atacados. Um homem esfaqueado entre o abdome e o tórax. Não consegue respirar. Outro homem está tentando tirar faca de um bandido. Depressa! — Ela deixou o telefone cair. — Está chegando ajuda — ela tranquilizou Kellen. — Respire comigo. Puxe o ar, devagar, com calma. Um, dois... — Kat ficou com ele, desesperada para mantê-lo respirando.

Ouvindo um grunhido atrás de si, ela virou a cabeça.

O cara da faca estava atacando seu salvador.

O homem se moveu num borrão e segurou o braço do atacante. Torceu-o.

Kat ouviu o som do osso quebrando. *Ouviu*. E depois o cara gritando.

Bile subiu por sua garganta. Forçou-se a se concentrar em Kellen. Seus olhos frenéticos imploravam ajuda.

— Deixe o ar sair, um, dois... — Ela agarrou sua mão, desejando que ele estivesse bem. Rezou em silêncio e continuou respirando com ele, em meio a sons de sirenes, caos e vozes falando com ela. Nada disso importava, apenas manter Kellen respirando.

Vivo.

— Senhora, vamos cuidar dele.

Percebeu que a mulher falando com ela era uma paramédica. Seu parceiro já estava atendendo Kellen.

— Ele não consegue respirar. — Não podia deixá-lo.

Alguém se agachou ao lado dela.

— Eles podem ajudá-lo a respirar.

Kat levantou a cabeça, e seu peito pareceu ficar oco diante daquela magnitude. Seu salvador se agachou ao seu lado, muito perto. Muito grande. Exercendo calma controlada.

Enquanto isso, suas entranhas reviravam como o ciclo de centrifugação da máquina de lavar.

— Quem é você?

— Sloane Michaels. Qual o seu nome?

— Kat Thayne.

Algo perpassou o rosto dele, mas em seguida desapareceu. Estendeu-lhe as duas mãos.

— Me deixe te ajudar, Kat.

Ignorando as mãos estendidas, ela se virou para Kellen. Os paramédicos rasgavam embalagens plásticas, colocando acesso intravenoso e fazendo várias coisas com rápida eficiência. Porém Kellen não estava se mexendo. Por que ele não estava se mexendo?

— Não, olhe para mim. — Sloane pegou seus braços, puxando-a até ficar de pé.

Para levá-la para longe de Kellen. Raiva rugiu em

sua cabeça. Ela recuou, puxando os braços do domínio do estranho.

— Me solte.

Ele a soltou no mesmo instante, mas manteve as mãos levantadas na altura dos ombros dela, sem chegar a tocá-la.

— Precisa entender que eles estão trabalhando para estabilizá-lo. Você não pode ficar no caminho.

Ele estava certo, mas o medo a estava inundando, tentando afogar seus pulmões num lodo esverdeado e lamacento, pesado. Podia sentir o gosto da lama rançosa na boca. Ele não podia morrer. Seu coração batia frenético na lama grossa.

— Fale comigo — Sloane disse gentilmente. — Me diga o nome dele.

Devagar, ela percebeu que o rosto dele estava tão perto que dava para ver a cicatriz de sua boca. Os olhos castanho-claros ardiam com autoridade.

— Kellen — conseguiu dizer.

— Ótimo. — Ele assentiu com um leve movimento de cabeça, ainda sustentando as mãos perto dos braços de Kat.

Não a estava tocando, mas se ela tentasse entrar no caminho, ele ia detê-la. Kat não conseguia decidir o que sentia a respeito disso.

— Kellen é seu marido? Namorado? — perguntou.

A palavra namorado girou em sua mente por um segundo. Algo importante. Um segundo depois, ela lembrou.

— Tenho que ligar para o Diego. O namorado dele. Os dois estão comprando uma casa juntos. Ele não pode morrer.

— Por que estava dizendo isso? Não importava. Naquele momento, Kat era a única ali que conhecia Kellen. Precisava se controlar e ajudar. Usando o atalho da dor, ela mordeu o interior da boca para ajudar a clarear as ideias.

Sloane desviou os olhos dela e em seguida voltou.

— Os paramédicos o estabilizaram. — Ele abaixou as mãos.

Kat respirou fundo e foi até onde estavam colocando Kellen em uma maca, preparando-se para transportá-lo.

As luzes vermelhas e azuis lançavam um brilho estranho sobre sua pele pálida e doentia, mas ele estava respirando. Graças a Deus ele ainda estava respirando.

Kat se aproximou.

— Eu vou com ele — anunciou aos paramédicos.

A mulher negou com a cabeça.

— Não podemos permitir. A senhora pode encontrá-lo no hospital. — Levantando a maca, eles começaram empurrar Kel para a ambulância.

Kat não lembrava da própria viagem ao hospital, mas se lembrou de acordar sob as luzes ofuscantes; pessoas que não conhecia gritando com ela, perguntando seu nome, que dia era ...

E a dor.

Oh, Cristo, a dor. E o medo, pois estava cercada de rostos estranhos e não sabia o que tinha acontecido com ela.

Não deixaria Kellen passar por isso sozinho.

Estendendo o braço, ela pegou a mão dele, apertando-a

para que Kel soubesse que ela estava ali. Kat olhou para a mulher.

— Eu vou junto.

Capítulo 03

Kat estava sentada numa cadeira desconfortável, a perna esquerda dobrada para cima, e o braço em volta do joelho. Um seriado de comédia com uma risada falsa infernal estava passando na TV suspensa num canto. Ela tentou desligar a visão das outras quatro pessoas na sala de espera da emergência do hospital, uma delas com sangue escorrendo de um ferimento na cabeça.

As paredes bege e as plantas falsas zombavam dela, esperando que perdesse a cabeça.

Manteve o olhar voltado para o próprio pé e ocupou a cabeça com o projeto do bolo.

Haveria um bolo para a inauguração da casa de Kellen e Diego. Ela faria o maldito bolo e depois todos viveriam felizes para sempre.

A menos que perdesse a cabeça. Bem ali na sala de espera.

Liberando a perna, ela apoiou o pé no chão e se levantou. Não conseguia ficar sentada. Não conseguia esperar. Tinha que fazer alguma coisa. Não a deixaram entrar na sala de tratamento. Diego conseguiria entrar usando a cartada de médico, mas ele ainda não estava lá. Tinha ido visitar os pais e demoraria uns quarenta minutos para chegar. Kat precisava saber o que estava acontecendo naquele minuto.

Tinha que saber que Kellen ainda estava vivo.

Foi até a recepção.

— Mais uma vez procurando notícias sobre Kellen Reynolds. É o do ferimento a facada entre o tórax e o abdome.

A mulher pegou a caneca que estava em cima da mesa.

— Senhora, como eu disse há dez minutos, não tenho nenhuma informação. Alguém vai procurá-la assim que tiverem algo a dizer.

Besteira. Kat era mais próxima de Kellen do que do próprio irmão.

— Kat.

A voz profunda e vibrante veio de trás.

Kat girou de repente e arregalou os olhos.

— Sloane. — Tentando processar sua presença, ela perguntou: — O que está fazendo aqui?

— Trouxe a sua bolsa. Seu carro faz parte da cena do crime, mas consegui tirar isso... — ele ergueu a bolsa — ... para você.

Havia esquecido dela. Nem tinha passado por sua cabeça que estivesse sem.

— Seu celular, sua carteira e todo o resto estão aí dentro, menos a chave do carro.

— Ah. Obrigada. Estava usando o celular do Kellen para fazer ligações. — Ela passou a alça da bolsa pela cabeça e pelo ombro.

— Você já viu o médico?

— Eu? — Tinha visto muitos médicos ao longo dos anos. — Para mim não precisa, mas não consigo ter nenhuma informação sobre o Kellen. — Ela se afastou do balcão da recepção. E dele. Tentou caminhar para se livrar da ansiedade.

No entanto, não queria voltar para aquela sala de espera do tamanho de uma caixa de fósforo, por isso, se apoiou na parede no corredor anexo, em frente aos banheiros.

— Deixe eu ver as suas mãos.

Chocada com a exigência, ela olhou para cima.

E mais para cima.

Droga, que altura ele tinha? Kat media 1,70m e ele era, provavelmente, uns trinta centímetros mais alto. O paletó havia sumido. Não fazia ideia do que tinha acontecido com ele depois que os paramédicos chegaram ao local e assumiram a situação. Sloane estava sem a gravata, com os botões de cima da camisa preta abertos, revelando a forte coluna de sua garganta. Kat baixou os olhos, focando o pomo de Adão.

Muito íntimo.

Ela se forçou a erguer o olhar, além do queixo forte, e alcançou os olhos.

— Oi?

— Suas mãos. Estão cortadas e sangrando. Deixe eu ver.

Surpresa, ela levantou as mãos e virou as palmas para cima. Argh, ele estava certo, estavam arranhadas e sujas. Sem dúvida, de ter sido jogada no chão e de rastejar.

— Isso não é nada. — Era só lavar. Sofria queimaduras

piores do que aquilo em sua vida cotidiana.

— Você está mancando.

Ela baixou as mãos. Estava na hora de acabar com aquilo, o que quer que fosse.

— Sloane, obrigada por hoje. Pelo resgate, por trazer a minha bolsa. Mas agora já posso cuidar de mim. Está tarde, você deveria ir para casa.

— Deveria — ele murmurou, passando a mão pelo cabelo ondulado e escuro. Os fios caíram a quase flertar com o colarinho da camisa.

Ela afastou os pensamentos para longe da constatação de como os fios longos contrastavam com o terno de corte primoroso. Cautela percorreu sua espinha. Sloane a havia tocado aquela noite. Mesmo depois que a soltara, ele parecia criar um campo de força em volta dela que, de alguma forma, a mantivera ancorada quando estava rodopiando em pânico.

Ele já tinha visto mais de Kat do que ela gostaria.

Afastou-se da parede, com a necessidade de conseguir alguma distância entre os dois.

Sloane se mexeu, um movimento sutil que colocou seu corpo na frente de Kat e, em seguida, levantou a mão, encostando-a na parede acima da cabeça dela.

— Você parece ter o hábito de fugir, Kat Thayne. No salão de festas e agora.

Ela sentiu a pele ficar tensa. Os nervos trepidaram. O que estava fazendo? Ele dominava todo o espaço, o dele e o dela. Segurando a bolsa na frente do corpo como um escudo, Kat respondeu:

— Você parece ter o hábito de conseguir tudo do seu

jeito. — Ele a deixava nervosa de um modo que nem conseguia começar a compreender.

— Raramente perco uma batalha. — Ele abaixou levemente a cabeça. — Mas neste caso, proponho um acordo de paz.

Ele estava muito perto, e ela captou aquele perfume de novo: sabonete, masculinidade. Não apenas a encarava, mas a perfurava, invadia, enterrando-se fundo o bastante para descobrir todos os seus segredos. A intensidade era demais. Kat mudou a linha de visão para acima do ombro dele. Agarrou a bolsa com mais força.

— Você é implacável, não é? — Ele não era como os outros homens, tratando-a como se pudesse quebrar.

Ou como se já tivesse quebrado.

Ele não se moveu, não recuou um milímetro.

— Se você concordar em ver um médico, consigo informações sobre o Kellen imediatamente.

Agora tinha sua atenção. Ela esqueceu-se de se manter à distância.

— Pode fazer isso?

Ele pegou o celular, discou e apertou o botão de ligar, o tempo todo inclinado sobre ela, com a mão na parede. Os olhos mudaram de cor sob as luzes do hospital, assumindo um tom bronze acobreado.

Colocando o telefone no ouvido, ele disse:

— Há um Kellen...

Ele ergueu uma sobrancelha numa pergunta silenciosa.

Kat agarrou a chance de obter informações.

— Reynolds. Vinte e seis anos de idade.

Ele repetiu.

— Ferida à faca no peito. Provável pneumotórax. Preciso de uma atualização. Vou ficar aguardando enquanto você a consegue.

Kat se encolheu com o termo *pneumotórax*, embora o tivesse ouvido na ambulância. *Por favor, Deus*, rezou. Kellen tinha sofrido o suficiente; que ao menos ele estivesse bem.

O tempo corria enquanto ela continuava ali sob a potente proteção, o braço dele esticado acima de sua cabeça. Segundos. Um minuto. Dois. Três.

— Entendo.

O que estava sendo dito? Kat se forçou a ficar parada e esperou, mas a impaciência contorcia os músculos de seu pescoço e ombros.

— Entendi. — Ele balançou a cabeça para cima e para baixo e continuou a conversa. — Também vou precisar de um médico para examinar uma amiga. Parecem ser ferimentos leves, mas quero que ela seja examinada imediatamente. — E desligou.

O coração de Kat batia forte.

— Kellen?

Ele deslizou o telefone para dentro do bolso.

— Concorde em ver o médico antes.

Concordaria com qualquer coisa.

— Sim, está bem. Me conte, droga.

A expressão dura suavizou quando as íris castanho-claras assumiram traços de cor âmbar.

— Pequena perfuração no pulmão. Parece estar se fechando. Sinais vitais fortes, ele é jovem e está em boa forma. Eles têm esperanças de que não precise de cirurgia e acreditam que ele vai superar tudo isso. As próximas horas são as mais críticas.

A garganta de Kat ficou embargada com absoluto alívio. Largou o corpo contra a parede. Ele iria sobreviver. Se recuperar. Poderia lhe dizer o quanto lamentava ter ficado sem ação.

Por ter deixado que o esfaqueassem.

Mais tarde. Por enquanto ela disse: — Obrigada.

— O médico vai estar aqui num minuto.

Hora de estabelecer os limites.

— Sloane?

Ele olhou para ela.

— Sim?

— Obrigada. Vou ver o médico. — Kat estava agradecida. De verdade.

Ele assentiu.

Depois ela acrescentou:

— Agora, tire o braço e saia do meu espaço pessoal.

Horas mais tarde, Kat estava rígida e dolorida, sentada ao lado da cama de Kellen. Um pouco depois da meia-noite, o médico tinha declarado que ele estava fora de perigo, e Kellen fora levado a um quarto particular. Ela olhou para Diego à direita, o Dr. Diego Sanchez, um pediatra que lembrava um ursinho de pelúcia. Cabelos castanhos bagunçados, olhar meigo, corpo forte e um espírito gentil. Normalmente, ele era de sorriso fácil; entretanto, naquela noite, seu rosto estava marcado por uma tensa preocupação.

Um ronco suave vindo da cama trouxe a atenção de Kat outra vez para Kellen. Ela agradecia por ele estar dormindo. Sua pele tinha uma cor boa, a respiração estava ficando cada vez mais fácil. Descanso era exatamente o que ele precisava.

Porém, cada tique-taque do relógio na parede aumentava a necessidade que Kat tinha de se mexer, de fazer algo mais para ajudar. Enfim ela falou:

— Quer um café? Um refrigerante? Alguma coisa para comer?

Diego apenas sacudiu a cabeça.

Kat deixou transbordar sua culpa:

— Fiquei paralisada. Não consegui nem gritar. — A imagem passou mais uma vez em sua mente. — Eu vi a faca. Se eu o tivesse apenas alertado, ele poderia ter pulado para trás.

Diego sustentou um olhar sombrio na direção dela.

— Você já passou por muita coisa esta noite sem precisar acrescentar uma culpa inútil.

Certo. Era egoísta esperar ser absolvida da culpa quando ele estava devastado por causa do ferimento de Kellen. Jesus, quando havia se tornado tão patética? Tão fraca?

Kat recuperou o controle e pensou em outra forma de ser útil.

— Vou dar uma corrida em casa e pegar algumas coisas para o Kellen. Também posso passar na sua casa, pegar o que você precisar.

Diego segurou a mão dela.

— Por esta noite não precisamos de nada, mas você precisa ir para casa e dormir. Tome um comprimido para dor.

Ela sacudiu a cabeça.

— Estou bem. Aquele médico que o Sloane forçou a me examinar disse que eu estava. — Ela realmente não queria ir para casa. Sozinha. Com medo. Perdida em seus próprios pensamentos.

Os olhos de ursinho de pelúcia se transformaram em olhos de um urso cinzento protetor.

— Sei que você caiu sobre a perna ruim quando aquele idiota te arrancou para fora do carro. Você está com dor. Vá para casa e tome a merda do comprimido analgésico. Durma. Traga as coisas do Kel amanhã.

Ela fez uma careta e ganhou tempo: — Pediatras não devem falar palavrão.

— Que se foda, Kit Kat. Vá para casa.

Sentindo um momento de pausa de sua rotina normal, ela lhe mostrou um sorriso suave. Diego falou o palavrão como um marinheiro, mas Kat presumiu que ele não o fazia no trabalho, com as crianças. Levantando-se, ela se inclinou e o abraçou.

Em seguida, foi até a cama e beijou Kellen no rosto. Ele mal se mexeu. Ela resistiu ao impulso de mexer com as cobertas ou colocar o cabelo dele para trás. Descanso era o que Kellen precisava para que seu corpo pudesse fazer o árduo trabalho de se curar. Piscando para afastar o ardor dos olhos provocado pelas lágrimas, ela voltou para a cadeira e pegou a bolsa pendurada no encosto. Olhando para Diego, disse: — Posso passar na sua casa de manhã, se você precisar de alguma coisa. É só me mandar uma mensagem. — Estava mexendo dentro da bolsa, procurando as chaves do carro, quando se lembrou de um pequeno detalhe.

— Droga, estou sem carro. — Estava com a polícia. Sloane tinha dito. Sua mente divagou até ele outra vez, o homem que havia aparecido, a salvado e continuado a ajudar. Sloane só foi embora depois que Kat foi examinada pelo médico e de ficar sabendo que a condição de Kellen estava melhorando.

— Pegue o meu.

— O quê? — Tentou arrastar a mente de volta para a conversa com Diego.

— Eu disse que você pode pegar o meu carro para ir embora. — Diego a observou. — Está tão cansada assim, ou está distraída?

Havia sido pega sonhando acordada. Com um homem. Devia estar cansada.

— Não distraída o suficiente para esquecer que não consigo dirigir um carro de câmbio manual como o seu — ela apontou.

— Isso é um problema. — Ele soltou sua mão e esfregou o espaço entre os olhos. — Não quero que o Kel acorde sozinho, senão te levaria em casa. Deixe eu pensar.

Ela também não queria que ele acordasse sozinho. Podia chamar o pai para vir buscá-la, mas seus pais surtariam se soubessem o que tinha acontecido aquela noite. Eles se convenceriam de que a tentativa de roubo era mais uma prova de que ela não era inteligente ou competente o bastante para cuidar de si mesma sozinha. Agora não podia lidar com aquele tipo de dúvidas.

Mas podia lidar com a situação.

— Vou ligar para um táxi vinte e quatro horas. — Eram seguros. As pessoas usavam o tempo todo. Isso ela poderia fazer. Já era hora de fazer esse tipo de coisa.

Diego deixou a mão cair.

— Não sei, Kat.

Ela olhou para Kellen, pensou em como tinha ficado paralisada quando precisava fazer alguma coisa, qualquer coisa, para tentar impedi-lo de ser esfaqueado. Não queria mais ser aquela mulher. Não queria mais ser tão fraca. Voltando-se a Diego, disse:

— Vai dar tudo certo. Mando mensagem quando chegar em casa.

Ela conseguiria.

Sloane olhou pela janela para a escuridão. Na cama do hospital atrás dele, a respiração de Drake Vaughn era irregular, a de um homem muito mais velho do que seus cinquenta e poucos anos. Sloane tinha trazido especialistas de todo o país, e todos diziam a mesma coisa.

De três a seis meses.

Seu mentor estava perdendo a maior luta de sua vida.

Toda a riqueza e o poder de Sloane eram inúteis. Erguendo a mão, ele esfregou a região da velha dor onde seu nariz tinha sido quebrado algumas vezes.

— São quase duas da manhã. Você está aí parado há uma hora.

Ele se virou, tirou mão de cima do nariz e olhou para o homem encolhido na cama. Drake tinha chutado os lençóis, ficando coberto apenas por uma camisola de hospital, revelando coxas que, em outras épocas, rivalizariam com troncos de árvores; agora, porém, haviam se encolhido e pareciam gravetos.

— A pergunta correta é por que você está acordado. — Sloane tinha feito vigília naquele quarto meia dúzia de vezes e Drake nunca tinha acordado.

— Reunindo energia para sair desta cama e te fazer cair de bunda no chão quantas vezes forem necessárias até você desembuchar o que está te perturbando.

Sloane se aproximou e largou o corpo numa cadeira. Esticando as pernas, entrelaçou os dedos atrás da cabeça.

— Estou pronto quando você estiver, velho. — Nostalgia o invadiu, adentrando seu peito e causando uma maldita dor.

Não o tipo de dor com que poderia lidar, do tipo que sentia quando se exercitava até que os músculos gritassem. Sim, aquela dor ele poderia suportar.

Esta dor? Não ia senti-la. Não ficaria se lamentando em cima disso. Apenas encontraria mais médicos. Tinha que existir um, em algum lugar, que tivesse uma resposta. Pessoas superavam o câncer o tempo todo.

— Pode apostar — disse Drake. — Mas me deixaram preso a todos estes fios.

Sloane fez um ruído de desdém com o nariz.

— Desculpas...

Drake moveu a mão até encontrar o controle remoto; apertou num botão e a luz na cabeceira acendeu. Ele levantou a cama.

— Desembucha, Michaels.

Sabia que Drake era um homem doente, a contar pela magreza devorando seu rosto e pelas sombras expulsando a vitalidade de seus olhos. No entanto, às vezes, num olhar de soslaio, tinha um vislumbre do homem que quatorze anos antes levantara um Sloane de 1,97 m do chão e o arremessara contra uma parede. Depois ainda o arrastara ao tatame e o forçara a extravasar a raiva violenta que fervia dentro dele.

Segurando-o numa poça do próprio suor e sangue, Drake o olhou bem na cara dele e disse: "Ou você controla a violência ou ela controla você. A escolha é sua".

Sloane vivia segundo aquelas palavras desde então.

Porém, no momento, precisava acalmar o homem que esperava sua resposta. Recusando-se ainda a mencionar Kat, escolheu um tema mais próximo do coração de Drake.

— É o Isaac, do nosso programa De Lutadores a Mentores. Um dos outros garotos do programa foi até a academia e me disse que o Isaac anda matando aula, procurando formas de ganhar dinheiro. — Drake era o tutor de Isaac, mas desde que ficou muito doente, Sloane o estava substituindo, treinando o menino junto com seus outros dois pupilos. Isaac não estava lidando bem com a mudança.

O rosto de Drake ficou sombrio.

— O que aconteceu? Ele se machucou?

— Não — Sloane assegurou, embora estivesse sendo arrastado de volta ao passado. Tinha menos do que os 13 anos de Isaac quando começou a buscar maneiras de ganhar dinheiro. Para sustenta-los até que sua mãe encontrasse o próximo Maldito Príncipe Encantado. Sloane ignorou o bolo de raiva alojado na boca do estômago. Raiva não era produtiva; ação era. Voltando ao momento presente, ele disse: — O menino está bem por enquanto, mas acontece que ele e a avó estão em vias de serem despejados.

— Dê um jeito.

— Já estou resolvendo isso. Pedi a um dos meus assistentes para levantar o histórico. Vamos pagar o aluguel até o final do ano. Mas, porra — ele quase rosnou. — Não estou conseguindo contato com o garoto. Ele ou a avó deveriam ter me procurado.

— Pare de olhar para o próprio rabo. Tudo o que esses meninos conhecem é rejeição, medo constante e desespero. Não acreditam em palavras, só em ações. — Drake travou o maxilar e acrescentou: — Por ter ficado doente, eu também o abandonei. Assim como todas as outras pessoas.

A feia realidade nas palavras do mentor e sua própria impotência faziam retorcer as entranhas de Sloane.

— Olha, vou trazer o garoto aqui amanhã. Você fala com ele. Mantenha o traseiro dele na escola e longe das ruas.

Sloane conhecia as ruas muito bem, conhecia a degradação e a fome que desprovia um garoto de sua alma. Era parte do que o tinha levado ao trabalho incansável. Ele nunca seria tão impotente outra vez.

Drake assentiu. — Preciso manter contato com o menino. — Seu olhar ficou mais aguçado. — Agora me diga o verdadeiro motivo que faz você estar aqui assombrando meu quarto, quando eu deveria estar sonhando com enfermeiras gostosas e banhos de esponja.

Baixando o queixo, Sloane fez cara feia. — Cara, não preciso saber que tipo de merda doentia você sonha.

O outro homem deu um sorriso impiedoso. — Se você não começar a falar, vou descrever os sonhos. Em detalhes que vão te deixar com tesão.

Sloane fez uma careta e suspirou. Tinha sido encurralado e sabia disso. — Uma mulher e o amigo dela foram atacados por dois ladrões de carro há algumas horas. Um deles tinha uma faca.

Drake estendeu a mão para a mesa de cabeceira, pegou um jarro cor de vômito e derramou um pouco de água num copo de plástico. — Ainda não estou vendo o problema. Dois bandidos, uma faca. Isso não é nem treino pra você. — Tomou um gole da água.

— A mulher. Eu a tinha reconhecido no começo da noite, mas não consegui saber de onde até que ela me disse seu nome. Eu a vi uma vez há doze anos, quando lavava louça num clube de campo. Era sua festa de debutante.

Devagar, Drake baixou o copo até apoiá-lo numa coxa. Não disse nada.

Sloane respirou fundo. — Ela tinha tudo. Pais ricos que a adoravam. Uma festa enorme. Eu a odiei. — Sabia que tinha sido irracional. Ainda se lembrava de observá-la da cozinha. Não se lembrava do vestido ou de qualquer uma daquelas baboseiras, mas se lembrava dos olhos: azul-esverdeados, tão cristalinos, enormes em seu rosto, e completamente desprovidos de culpa. — Eu a odiei por estar viva e ter uma vida perfeita.

— Quando Sara estava morta — Drake concluiu.

Recusando-se a se afastar da verdade, Sloane disse: — É. — Era um homem frio. Um homem duro. Não sabia ser de outra forma, nem queria ser. Naquela noite, Kat tinha transformado algo dentro dele, mas o quê? E por que agora? — Ela está diferente.

— Uma dúzia de anos faz isso com a pessoa; a vida também.

A mulher que tinha visto aquela noite estava a anos-luz de distância da garota de quem se lembrava. Odiara a menina, mas e a mulher?

Ela o intrigava. Despertava algo nele. Acendia a necessidade de saber mais sobre ela.

Tentou explicar: — Naquela época, eu era o lavador de pratos que ninguém nunca notava. Ela era a princesa, a estrela. Mas hoje... — Ele deixou a frase no ar, ainda tentando compreendê-la.

— Você dominou o salão como sempre faz. E ela?

— Trouxe o bolo. Estava encostada numa parede, parcialmente escondida por um pilar. Observando. Talvez se escondendo. Depois desapareceu dentro da cozinha. — O que havia acontecido para transformá-la?

— Escondendo?

Sloane arqueou uma sobrancelha. — Ela é uma contradição. Escondendo — ele confirmou. — Ainda assim, tinha umas mechas meio rosas no cabelo castanho. — Ele tinha gostado. Droga, como tinha adorado. Queria ter tirado o elástico que prendia os cabelos para trás num rabo de cavalo e passado os dedos pelas mechas. Encontrar cada fio colorido. O desejo tinha sido forte. Visceral.

Ela propagava mensagens conflitantes. Mulheres tímidas não faziam mechas coloridas no cabelo. Também não lhe diziam para sair de seu espaço. Ainda assim, ela havia mantido a bolsa na frente do corpo como se pudesse se proteger. Tinha feito a mesma coisa no salão de baile com a maleta de confeitaria.

Ele acrescentou o óbvio: — Problema, ela vai ser um problema para mim. Justo agora, que preciso me concentrar.

— Uma distração é exatamente o que você precisa.

Sloane tirou as mãos de trás da cabeça e sentou-se mais para a frente na cadeira. — Foster vai ser libertado em poucos dias. Esperei quatorze anos. Não vou desviar do caminho. — Nem mesmo por olhos azul-esverdeados tempestuosos e cabelo com mechas rosadas. E aquelas curvas... É, ele precisava ficar longe daquilo. Ela era tentadora demais.

Drake sustentou seu olhar. — Tirar uma vida tem um preço, Sloane.

Seus pensamentos se solidificaram em pura vingança. — Pode crer. É hora de Lee Foster pagar.

— Olhe ao seu redor, filho. É assim que vou terminar meus dias. Sozinho.

Sloane se inclinou para frente na cadeira. — Não vou deixar você morrer. — Havia dito aquelas cinco palavras com a mesma determinação fria com que tinha vencido lutas de campeonato e construído sua empresa.

— A morte não precisa da sua permissão. Além do mais, você está deixando de ver o que importa. Está vendo alguma mulher aqui derramando lágrimas? Alguém dando a mínima?

Sloane cruzou os braços sobre o peito. — Cara, você é um garanhão. Nenhuma mulher podia confiar em você. — Não estava dizendo aquilo para demonstrar que sua situação era pior. Só era chato. Ok, o deixava louco da vida.

Drake sacudiu a cabeça e estendeu a mão para colocar o copo de água sobre a mesinha. — Tive tempo de olhar para trás e refletir sobre o que fiz com a minha vida, e a visão que tive foi uma porcaria. Fiz uma escolha, matei um homem, e esse único ato envenenou cada maldito elemento na minha vida a partir daquele instante. — Batendo a mão sobre as coxas finas, ele disse: — Vai te envenenar também.

Sloane não vacilou: — Não é assassinato se ele entrar no ringue comigo por vontade própria. — Iria se certificar de que Lee Foster fizesse exatamente isso.

Drake segurou o tecido da camisola de hospital em seus punhos cerrados. — Uma vez você parou uma luta, sacrificando a vitória, porque se recusou a ferir gravemente o seu adversário.

Sloane deu de ombros. — Conheço uma concussão quando vejo uma. O árbitro estava dormindo em serviço.

— Você não está pensando em parar essa luta. É assassinato. Não importa como vai encená-la, continua sendo um assassinato.

A morte de Sara havia sido um assassinato. A morte de Foster seria justiça.

— Naquele dia, você me impediu de matar o Foster, me disse que se eu quisesse vingança, tinha que fazer do jeito certo. Agora sou essa pessoa.

O homem mais velho suspirou. — Essa culpa é minha.

Tentei te dar um motivo para viver. Em vez disso, te dei um motivo para matar.

Capítulo 04

As palavras de Drake ecoavam na mente de Sloane quando ele saiu do hospital pelo pronto-socorro, já que as portas da frente estavam fechadas àquela hora da noite. Ou da madrugada, na verdade. Saiu em direção ao ar fresco perfumado com um toque de mar e parou.

Reconheceu Kat pelo rabo de cavalo longo, com as mechas rosadas. Seus ombros estavam tensos, e ela segurava a porta aberta de um táxi. Pelo ângulo de sua cabeça, ela estava olhando para dentro.

Totalmente paralisada.

Sloane se aproximou dois passos. Os dedos de Kat sobre a borda da porta estavam com os nós esbranquiçados. Sua respiração era contrita. Com o outro braço, ela estava com a bolsa agarrada na frente da barriga.

Afaste-se dela, disse a si mesmo. *Seja qual for o lance, apenas se afaste.*

— Moça, você vai entrar? — ralhou o taxista.

Sloane voltou a atenção para o perfil dela. Seus olhos estavam arregalados, as mandíbulas cerradas.

Se manda, caramba.

Batendo uma das mãos no quadril, ela murmurou: — Entre.

A palavra o agarrou pelo pescoço. Ele reconheceu a resolução ferrenha dela lutando para dominar o que quer que a aterrorizava.

Ele não apenas não iria embora, como Deus ajudasse qualquer um que se colocasse em seu caminho.

Aproximou-se. Kat estava inspirando pelo nariz e soltando o ar pela boca, determinação cristalizando seus olhos azuis em duas safiras. Sloane manteve um pequeno espaço entre eles e disse baixinho: — Kat.

Ela virou a cabeça de repente e respirou fundo. Linhas de expressão enrugaram o espaço entre as sobrancelhas antes que o reconhecimento as amenizasse. — Sloane. Eu estava de saída.

Pouco provável, dado ao *aperto da morte* com que ela se agarrava à porta, e suas pupilas dilatadas. — Está bem — disse ele.

Ela retornou o olhar para o interior do táxi. — Preciso entrar.

— Normalmente é assim que se faz — Sloane a encorajou.

— Pessoas fazem isso o tempo todo.

— Sem dúvida.

— Certo. — Ela enrugou a testa. — Achei que você tivesse ido para casa horas atrás.

Ah, lá estava ela, conectada outra vez. — Raramente faço o esperado.

Ela sugou os lábios e soltou um suspiro. — Aposto que

você conseguiria entrar no banco do passageiro de um maldito táxi.

Ele se encostou na lateral do carro, que ainda a esperava com o motor funcionando. — Não sei por que eu entraria. Tenho dois carros e uma limusine. Entrar num táxi parece redundante.

Ela apertou a boca. — Está com um desses carros hoje?

— Com a Mercedes CLS63. Preta. Perfeitamente segura. Sei trocar pneu em caso de necessidade. — Ele a levaria para casa, no entanto, deixaria que ela mesma chegasse à essa conclusão. Droga, não é que ele queria soltar aquele cabelo de novo? Ou apenas tocá-la de maneira geral.

— O taxímetro está rodando, moça.

Sloane se inclinou para trás um tantinho para lançar um olhar fulminante ao taxista irritado.

O homem fechou a boca e se virou.

Kat por fim suspirou, deu um passo para trás e fechou a porta. — Você não me deixaria dirigir, deixaria?

Sloane entregou algumas notas ao taxista antes que Kat pudesse tirar a carteira da bolsa. — Vamos fazer assim: eu dirijo, você escolhe a música.

Ela ergueu o queixo. — Eu posso pagar o taxista.

— Seja mais rápida da próxima vez. — Sloane fechou a mão em torno de seu cotovelo, segurando de leve.

Ela ficou tensa.

Já chega de brincadeiras. — Use as palavras, Kat. Você está no controle aqui. Só precisa me dizer para tirar a mão de cima de você, e eu tiro.

Ela ergueu os olhos. — Você é direto, não é?

Satisfeito que ela não tivesse ralhado e mandado soltá-la, Sloane a conduziu em direção a seu carro. — Na maioria dos casos, ir direto ao ponto ajuda.

— E em outros casos?

Abrindo a porta, ele esperou que ela entrasse. — Faço o que for preciso para vencer.

Kat afundou no couro macio como manteiga, seu corpo pesado com as dores e a fadiga. Os olhos pareciam cheios de areia, a cabeça latejava; apesar disso, tinha uma consciência vital do homem ao seu lado no banco do motorista.

Sloane guiou o carro pelas ruas tranquilas de San Diego. Estava com as mangas da camisa arregaçadas, revelando antebraços fortes, pontuados por pelos e contornados por veias.

— Música?

Em situações normais, Kat amava música. Deixava no último volume enquanto criava receitas, dançando à sua maneira. No entanto agora ela estava transtornada. — Não, obrigada. — Espiando o interior do veículo, disse: — Belo carro. — Belo como se custasse uns cem mil dólares.

— Grande o suficiente para mim. O outro que eu tenho é um Fisker Karma.

O nome não significava nada. — Que modelo é esse?

— É um carro elétrico com teto solar de vidro.

— Você tem um carro elétrico e uma limusine? — Isso não era contraproducente? A limusine devia beber litros de gasolina, enquanto o carro elétrico tinha a ver com as novas fontes de energia e a proteção ao meio-ambiente.

— O Fisker é por diversão; a Mercedes é útil, e consigo fazer um monte de trabalho com a limusine.

— Você mantém um motorista de plantão? — Quem era Sloane Michaels? Curiosidade borbulhava através de sua exaustão.

Sloane olhou-a.

— Ele mora numa casa de hóspedes na minha propriedade.

Tentou entendê-lo. Quem era rico e ainda assim derrotava um bandido portando uma faca? Droga, quem era rico e *corria* em direção a uma faca?

— Como você desarmou aquele cara tão facilmente?

Ele dobrou uma esquina.

— Costumava lutar.

O estômago dela se apertou.

— Lutar? Tipo... se envolvendo em brigas, ou lutando profissionalmente? — Será que ele tinha sido como os bandidos daquela noite? Por que pensou que estaria mais segura com ele do que num táxi?

A boca dele se curvou. — As duas coisas. Lutei no UFC por alguns anos. Antes de abrir minha empresa.

Oh, Deus. Ela não podia estar no carro com ele. Uma

ansiedade morna se originou no centro de seu peito, mas ela se forçou a respirar. Nos últimos anos, estava ficando melhor em controlar os ataques de pânico. Hoje, porém, eles estavam detonando em investidas implacáveis. — Por quê? Por que ia querer bater nas pessoas? Machucá-las?

O maxilar travou como granito em silêncio. Depois de alguns instantes, ele disse: — Gosto de ganhar.

Uma declaração carregada de sentido. Querer ganhar podia ser simples, mas o impulso por trás disso costumava ser um complicado ninho de cobras, cheio de sentimentos e experiências. Ela se concentrou no caminho adiante, nas ruas escuras e tranquilas, enquanto o carro deslizava noite adentro. Precisando preencher o silêncio espesso que caía sobre eles, ela perguntou: — E ganhou?

— Dois campeonatos de pesos-pesados antes de me aposentar.

Faço o que for preciso para vencer. Era o que tinha dito quando a conduziu até o carro. — Impressionante — foi tudo o que Kat conseguiu pensar em dizer. A tensão em seu peito continuava se retorcendo e apertando. Ele gostava de violência. Ele machucava pessoas.

— Não parece impressionada.

Seu olhar percorreu a pele dela, fazendo-a se sentir exposta e vulnerável ali naquele carro. — Não gosto de violência. Eu só... não.

— O mundo é violento. Você pode não gostar, mas a violência está aí. — Sloane fez uma pausa e depois acrescentou num tom mais suave: — Como esta noite, quando você foi atacada. Precisei de violência controlada para lidar com a situação.

Ela fechou os olhos sob uma onda morna de náusea

provocada só com a lembrança. — Você quebrou o braço daquele cara. Ouvi o osso partir.

— Rápido e eficiente. E depois parei quando ele estava no chão. Isso é o controle.

Ela o encarou. Explorou com o olhar a boca sombriamente sensual, o nariz com a curva não natural, e os olhos que pareciam perfurá-la. Intensos. Perigosos. Sexuais. Quando ele focou a atenção outra vez na rodovia, ela perguntou: — Você quis seguir em frente? Continuar machucando aquele cara?

O maxilar dele travou. — Quando abri aquela porta do beco e te vi se arrastando no maldito asfalto com um olhar de terror cru... — Ele parou de falar, apertando os lábios.

Kat lutou contra a necessidade de curvar os ombros. — Vá em frente. — Ela precisava saber.

— Quis matar os dois.

Violência fortemente controlada sangrava de sua voz; Kat estremeceu, passando os braços ao redor da cintura. — Mas não matou.

— Não. Controle, Kat. Eu vivo por ele. — Esfregou o pescoço. — De qualquer forma, me aposentei da luta anos atrás. Agora tenho uma empresa.

Ela se esforçou a pisar em solo mais seguro, estando na companhia dele. — Que empresa?

— SLAM Inc. Tenho academias por todo o país. Desenvolvemos lutadores, fazemos merchandising, temos uma empresa de entretenimento. Várias coisas.

— Tudo a ver com luta.

Desafio emanou da postura dele. — Nem tudo. Mas é de onde eu vim e onde construí minha riqueza. Não vou pedir desculpas por isso.

— Você não me deve explicação. — Observando onde estavam, ela disse: — Meu prédio é aquele ali, à direita. — Kat tentou tirar a censura da voz. Não tinha o direito de julgar o homem que havia salvado Kellen e ela. Estava cansada, dolorida e com muito medo de ficar sozinha. — Você já teve duas carreiras de muito sucesso e não pode ter mais de... uns 30 anos? Isso é algo para se orgulhar.

— Vamos falar sobre você. Você faz bolos? — Um sorriso desenhou sua boca, moldando o lado esquerdo numa curva sexy. — E *brownies* de emergência, se bem me lembro.

Bolhas de diversão fizeram cócegas na garganta dela. — A Sugar Dancer é a minha confeitaria, e os *brownies* de emergência estão me ajudando a ter sucesso. — O orgulho expulsou um pouco da fadiga. No que dizia respeito às suas escolhas, ela entendia o que ele estava tentando dizer sobre não pedir desculpas. — Meu apartamento está logo ali, pode me deixar aqui em qualquer lugar. — Ela soltou o cinto de segurança e pegou a bolsa.

Ele entrou numa vaga de visitantes e desligou o motor.

Ela pegou as chaves. — Obrigada por...

— Cristo. Você realmente acha que eu simplesmente vou te largar aqui? E ir embora? — Ele abriu a porta com tudo e saiu.

Kat calou a boca e abriu a porta. Estava dolorida em geral, incluindo a dor na cabeça provocada pelo bandido tentando arrastá-la para fora do carro pelos cabelos. Porém, o pior era a perna. Uma dor infernal. Usou o assento para alavancar o corpo e conseguir colocar perna direita para fora do carro; a esquerda já era bem mais fácil.

Sloane se agachou na frente da porta aberta. — Você

está mancando com a essa perna a noite toda. O quanto se machucou hoje?

— Só cortes e contusões. Vou ficar bem. Sloane, agradeço tudo o que você fez por mim hoje — falou com voz firme, apesar de estar muito cansada. — Mas preciso que você se afaste e não me aprisione.

Um segundo se passou. Mais um. Apenas o olhar de Sloane sobre ela, cavando através de seus muros de proteção. Mas ela se recusava a explicar ou se justificar.

— Eu te dou medo. Não só intimido, mas te deixo completamente assustada.

Sim, mas ela não recuou. Isso não queria dizer que estava ficando mais forte?

Menos quando Kellen precisava dela.

Sloane se levantou e lhe deu espaço.

Kat se levantou, embora muito longe da maneira graciosa com que ele o havia feito. Por que sequer notava uma coisa dessas?

Ele estendeu a mão além dela e fechou a porta. — Me dá o seu celular. Vou marcar o meu número.

Confusa, ela franziu a testa. — Para quê?

— Porque vou ficar olhando você entrar no prédio. Você vai olhar em volta, ter certeza de que esteja seguro, depois vai trancar a porta e me mandar uma mensagem dizendo que está bem.

— Estou segura. Tenho alarme.

— Se não me mandar uma mensagem, se eu achar que você está em apuros, eu vou entrar. Me dá o telefone, Kat.

— Mas você nem me conhece. — Por que ele se importa tanto assim? Por que era tão intenso? E por que a fazia ter menos medo e ficar mais... interessada?

Ele se encostou no carro. — Agora eu te conheço. Não vou sair daqui até saber que você está segura. Quer que eu dê o fora? Me dá o telefone.

Ela o entregou.

Kat ergueu a massa de pão da tigela e deixou-a cair sobre a superfície enfarinhada. Música ecoava dos alto-falantes. Tinha sincronizado com o iPod, que estava tocando em modo aleatório. Era um de seus momentos favoritos do dia: de manhã cedo, a confeitaria ainda fechada. Ela estava na cozinha industrial, preparando-se para o dia.

Em sua zona de segurança. Tinha sido pura sorte que tivesse tido Kellen como fisioterapeuta, e que os pais dele fossem donos da confeitaria. Até que um dia ele a persuadiu a conhecer os seus pais, que lhe ofereceram um emprego de meio-período na cozinha da confeitaria. Ali havia começado o processo de cura, de encontro consigo mesma e de descobrimento de quem ela realmente era.

Quando os pais de Kellen estavam prontos para vender o negócio e se aposentarem, Kat soube que queria a confeitaria e a comprou. Há pouco mais de um ano, a Sugar Dancer tinha se tornado sua, e Kat ainda não se lamentava de sua decisão.

Inspirou o aroma de pão fermentado ao começar a trabalhar a massa com as mãos cobertas por luvas finas. Os cortes em processo de cicatrização faziam delas uma necessidade dupla.

Espontaneamente, Kat pensou nas mãos muito maiores de Sloane, com os nós dos dedos bem mais grossos.

As mãos de um lutador.

Um arrepio percorreu sua espinha. Na solidão da cozinha, podia se permitir admitir: Sloane a excitava. Empolgava. E a aterrorizava até os ossos. Poder autoconfiante irradiava dele e a atingia diretamente na libido.

Pancadas na porta a arrancaram de suas reflexões. Pânico a atingiu.

Quem era? Por que as batidas frenéticas quando apenas uma já funcionaria? Não estava esperando nenhuma entrega. Ninguém apareceria pelo menos durante a próxima hora. Tirando uma luva, ela pegou o celular enquanto debatia o que fazer.

— Katie. É o David. Abra a porta.

David. Seu ex-noivo. Um choque de memórias e medos a fizeram ficar plantada no chão. Por que diabos ele viria aqui?

Tinha acontecido alguma coisa com seus pais? Com seu irmão? Ela olhou para a tela do celular, mas não havia chamadas perdidas.

— Katie, sei que você está aí. É importante.

Devia ser. Durante meses depois de ter terminado com ele, Kat se recusou a vê-lo, evitando as tentativas de seus pais de os fazerem reatar. Somente algo importantíssimo o traria à porta da confeitaria. A curiosidade soterrou a ansiedade o bastante para que fosse enfrentá-lo. Abrindo a porta, viu o homem alguns centímetros mais alto do que ela. Fazia cinco anos e meio, e ele definitivamente tinha mudado; ela também.

— O que foi? Por que você está aqui?

— Ouvi sobre o roubo de carro.

Surpresa amorteceu sua reação pelo tempo necessário para que ele conseguisse entrar. Kat se virou, deixando a porta fechar. — Ouviu? — Houve um dia em que tinha amado e respeitado o Dr. David Burke. Claro, ele tinha sido arrogante e mandão, mas isso a fazia se sentir protegida. No entanto, o assalto brutal mudou tudo. Ela mudou. Não era mais a garota que confiava nas pessoas. — Como você ouviu, David? Não contei nem aos meus pais nem ao meu irmão para você ter ouvido.

— Tenho amigos na delegacia.

Amigos ou espiões?

— Certo, porque você anda com policiais. Ei, talvez também tenha se juntado a uma liga de boliche.

— O sarcasmo é uma forma baixa de humor. Mas, pelo bem da conversa, ter objetivos e foco não faz de mim um esnobe. — David examinou a cozinha da confeitaria. — Aplicação interessante para o seu diploma de química. Valeu realmente a pena desistir de quaisquer pretensões na SiriX para ser dona de uma loja de donuts?

Ela cerrou os punhos em resposta à expressão sarcástica e à piada do donut.

— Valeu. Minha *confeitaria* vale a pena. — E uma loja de donuts também valeria se esse fosse o seu sonho. Só que não era bom o bastante para David ou seus pais. Quando deixou a empresa da família alguns anos antes, um grande racha havia se interposto em sua relação familiar.

David passou a mão pelo cabelo começando a rarear, um lembrete da diferença de idade de oito anos entre eles. —

Foi algo idiota de se dizer. Não vim aqui brigar.

— Então por quê? — Ele nunca fazia nada sem motivo. Era algo que Kat aprendera trabalhando para ele na SiriX, e depois, saindo juntos. Se bem que David havia sido muito protetor em relação a ela, por isso não era inconcebível que tivesse pedido a um policial conhecido seu para mantê-lo informado, caso Kat se ferisse ou fosse atacada. Por outro lado, ela deixou de confiar nos motivos de David anos atrás.

— Quero saber se você está bem. — Ele fez uma pausa, engolindo. — Me preocupo com você.

Se preocupa, é? Deixaria para lá, já não importava mais se acreditava nele ou não. — Estou bem.

Seus olhos verdes se aguçaram sobre ela. — Os policiais disseram que um passante impediu o roubo.

— É. — Sua nuca e seu maxilar começaram a latejar com a tensão. David tinha visto aquilo como uma oportunidade para dar uma de herói e reconquistá-la? Kat lembrou-se do que ele disse quando ela terminou com ele. Quando se recusou a atender suas ligações, David deixou a mesma mensagem em sua caixa postal.

— David, sei que você acha que *eu vou voltar mancando para você*. — As palavras não doíam mais tanto quanto antigamente. — Mas pode esquecer. Agora eu tenho trabalho a fazer.

Enfiando a mão nos bolsos, ele balançou o corpo para trás.

— Eu estava triste, não estava falando sério quando disse aquilo. Explodo quando estou com raiva, não significa nada. — Suspirando, acrescentou: — Quando se trata de você... — Ele parou, desviando os olhos. — Perco o controle. Sinto coisas demais. — Seus olhos verdes, tão crus, tão sinceros a fitaram.

— Acho que eu não sabia o quanto te amava até ter te perdido.

Uma memória antiga veio à tona. Kat levara o jantar para David num dia em que ele estava trabalhando até tarde. Ela havia interrompido um encontro com um homem que não conhecia, e David perdeu o controle. Agarrou-a pelo braço, arrastou-a para fora do escritório e lhe disse para nunca mais fazer aquilo novamente. Ficara furioso, o olho esquerdo abrindo e fechando de forma espasmódica, e a mão no braço dela, pegajosa. Kat raramente tinha visto aquele lado de David, mas mesmo naquela época ficara pouco à vontade. Mais tarde, David pediu desculpas, dizendo que o homem era um ex-amigo pedindo dinheiro. Disse que não queria o cara nem perto de Kat, pois não confiava nele. David sempre foi protetor daquele jeito e, sim, costumava ficar zangado quando achava que ela poderia estar em perigo.

— Ei, Katie, você está viajando. Está tudo bem? — Ele ergueu a mão para ela.

Kat sentiu os batimentos cardíacos acelerarem. A visão da mão dele vindo em sua direção afetou um instinto de medo no fundo de seus ossos. Talvez fosse irracional, mas para ela, parecia real. Kat recuou para a bancada de trabalho e se esforçou a ter calma. — Agora atendo por Kat. — Pegou uma nova luva, e a vestiu. — A porta trava automaticamente, então pode sair sem a minha ajuda.

— Você sempre vai ser Katie para mim.

O tom de voz mais suave a tomou com uma reviravolta inesperada de nostalgia. De saudades de como ela se sentira um dia. Especial. Por algum tempo, Kat se sentiu como a mulher que seus pais queriam que fosse. Inteligente o bastante para fazer um gênio como o Dr. Burke se interessar por ela.

Sacudiu a cabeça, quebrando o encanto. Estava mentindo para si mesma, para David e para a sua família - ela tentou ser o que David queria.

Mas não era. Nunca tinha sido de verdade. A única diferença era que um dia, ao menos, ela havia tentado.

— Não sou mais aquela garota, David. Esqueça o passado. — Não sabia como ser mais clara.

— Eu tentei. Mas não consigo parar de me preocupar. Penso em você, querendo saber se está conseguindo lidar com as circunstâncias. — Ele se inclinou sobre a bancada de trabalho diante dela. — Ainda está tendo pesadelos? Algum outro *flashback*? Ou ataques de pânico?

O tom de voz era suave e carinhoso, mas os olhos por trás dos óculos se estreitaram, focados como quando ele examinava os tubos de ensaio. Calculando ajustes e correções. *Não recue. Você está segura.*

— O que está acontecendo aqui? De repente você aparece depois de anos e pergunta sobre os meus *flashbacks*? — Não fazia sentido. Ela apertou as mãos sobre a borda da bancada. — Você está mesmo preocupado comigo? Ou com o que eu poderia lembrar? — Por que não podia simplesmente acreditar nele? Seria muito mais fácil se acreditasse.

— Droga, Katie. — Um nó defensivo se formou em seu pomo de Adão. — Eu contei a você, à polícia e à sua família exatamente o que aconteceu naquela noite. Você é a única que não acredita em mim.

Flashes de imagens dispararam em sua mente. Dispararam e sumiram, deixando sua respiração ofegante e apavorada. Palavras aleatórias cruzaram seu cérebro:

Consequências.

Dr. Burke.

Deus, pare!

Um ruído ao fundo encobriu a memória. Seus dedos formigaram. Kat se recusava a ter um ataque de pânico bem ali na confeitaria. Inspirando e expirando, ela recuperou o controle.

— Não importa mais em que eu acredito.

O olho fraco de David, o que o incomodava quando ele trabalhava demais, teve um espasmo.

— Sabe como eu me sinto quando você duvida de mim? Já não é ruim o suficiente que eu não tenha conseguido te proteger e que nós dois tenhamos nos ferido? Você tem que fazer eu me sentir pior?

Os dois se feriram? *Ignore.* Ela repetiu o mantra até domar a fúria em seu interior que tentava se libertar. Afinal, nada disso importava mais. Ninguém havia acreditado nela quando mencionou a possibilidade de algo ainda mais terrível do que um assalto violento ter acontecido naquela noite. Algo que David estava encobrindo.

Mas como poderiam acreditar? Kat não se lembrava de mais do que um *flash* ocasional, uma palavra, uma imagem confusa. Não fazia sentido, não realmente. A única coisa é que não podia mais confiar em David. Nunca mais.

Só queria que ele fosse embora. Sua cozinha era sua zona de segurança. Queria David fora dela.

— Preciso que você saia.

Resignação assentou-se ao redor dele.

— Você, com certeza, vai ter uma reação ao roubo do carro. Quero que saiba que estou aqui. Eu me importo com você, Katie. — Tristeza encheu seu olhar, ampliada por seus óculos. — Eu te amava. Nunca quis que você se ferisse.

Ela fechou os olhos, suas palavras demonstravam verdade. Era o que tinha tornado o rompimento tão difícil. David não era algum tipo de sociopata que não se importava. Ele se importava. E Kat sabia que o acontecido não fora intencional da parte dele; ele não tinha a intenção de que ela se machucasse. David não se abalava fácil, mas quando a viu no hospital, seu rosto uma confusão roxa inchada, o braço engessado, e a perna em tração antes da cirurgia, ele ficou verde. A reação tinha sido muito real. Mais tarde, ele não conseguiu olhar para a perna cheia de cicatrizes.

Engolindo a memória, Kat se deteve antes de perguntar, mais uma vez, o que realmente havia acontecido na noite do suposto assalto. Teria a mesma resposta: haviam sido assaltados de forma violenta e ela havia sofrido uma concussão que deixou suas lembranças confusas.

— Quero te ajudar, Katie. Estou aqui se precisar de mim, se você tiver qualquer reação ao roubo do carro, me ligue, vamos conversar. — Ele foi até a porta e acrescentou: — Caso contrário, nos vemos na festa de noivado do Marshall e da Lila. — David foi embora.

Sozinha na cozinha, Kat não conseguiu encontrar uma resposta para o reaparecimento repentino dele em sua vida. Preocupação? Ou algo mais?

Capítulo 05

Kat entregou o troco à cliente junto com o bolo de café na caixinha. Rapidamente esquadrinhou a loja, de trás das vitrines de vidro e do balcão. As paredes da cor de nozes pecan eram decoradas por telas com pinturas de dançarinas em calda de açúcar de várias cores. No espaço da loja, havia mesas redondas estilo anos 1950 com tampo laminado branco, cercadas por cadeiras com assentos cor de maçã-do-amor. Na parede dos fundos, havia um balcão alto com bancos. A maioria das mesas estava cheia de seus clientes leais, comedores de carboidratos e bebedores de café. A confeitaria também servia uma variedade de chás.

Tudo estava em ordem. Virando-se, ela pegou a caneca de café frio e jogou-a fora. Era a primeira manhã em que sentia como se pudesse fazer uma pausa para respirar. Estava dividindo seu tempo entre o trabalho e ajudar Kellen que, desde a alta, estava ficando no apartamento de Diego.

Enquanto servia café fresco que esperava, desta vez, conseguir beber um pouco, ouviu o tilintar dos sininhos da loja. Sim, era à moda antiga, mas funcionava.

— Anna! — Kat chamou a funcionária.

Anna veio correndo dos fundos, como sempre ansiosa para trabalhar. Tinha os cabelos loiro escuros presos no alto da cabeça, usava elegantes óculos de armação preta e era eternamente uma gracinha. Mas Kat gostava dela mesmo assim.

— Você pode...? — Ela olhou por cima do ombro para ver quem tinha entrado na loja. As palavras morreram em sua garganta.

Anna colocou a mão em seu ombro.

— Você está bem?

Não. De jeito nenhum. As pernas pecaminosamente longas de Sloane percorreriam a distância entre a porta e a vitrine.

Os clientes deixaram de lado os celulares, notebooks e jornais para observar.

— Ai, meu Deus — disse Anna.

— Vestido com um terno cinza-carvão — acrescentou Kat, sentindo um formigamento começar.

Em todos os lugares.

Qual era a desse cara? Claro, ele era alto e musculoso, mas seu rosto estava um pouco além do que se podia chamar de bonito. E havia a saliência no nariz. As cicatrizes. No entanto, tudo se harmonizava de uma maneira espetacular e poderosa.

Sloane deu uma olhada pela loja, incluindo uma passagem rápida por Anna. Em seguida, quando chegou ao caixa, sua total atenção repousou em Kat.

— Bom dia, Kat.

— Sloane. — Ela entregou à Anna seu café intocado e percorreu os poucos passos até o balcão.

As sobrancelhas dele se aproximaram.

— Você ainda está mancando. Precisa examinar essa perna.

Foi como um banho de água fria. Um lembrete gélido.

— Mancar não tem nada a ver com aquele dia — disse ela com firmeza, antes de mudar para a voz de atendimento ao cliente: — Em que eu posso ajudar?

Ele colocou um braço sobre a vitrine. — Tem tempo para conversar?

Conversar? Sobre o quê? Depois que ele a tinha deixado em casa no sábado, Kat tinha enviado a mensagem exigida e recebera um *durma bem* em resposta. Então Sloane havia desaparecido de seu mundo.

Mas não de seus pensamentos ou fantasias, droga.

Antes que ela pudesse responder, Anna interrompeu: — Está na hora de você fazer uma pausa, Kat. Vá conversar.

Kat olhou por cima do ombro para a funcionária. — Obrigada, eu não tinha certeza se tinha permissão.

Anna sorriu, fazendo o nariz franzir e os olhos brilharem por trás dos óculos. — Está vendo só por que você me contratou? — E dirigindo-se a Sloane: — O que o senhor vai pedir? Eu levo até a mesa.

— Apenas café, obrigado.

— Claro. Mas hoje de manhã a Kat assou o seu bolo especial de café. *Cranberries* secos e amêndoas. As pessoas viajam quilômetros até aqui às quartas-feiras para conseguir uma fatia do bolo pecaminoso de café da Kat.

— Anna. — A repreensão de Kat se transformou numa

risada que não pôde evitar. — Pecaminoso? Sério? É só bolo de café.

— Vou querer um pedaço — disse Sloane.

Anna piscou. — Foi o "pecaminoso" que te atraiu não foi? Diga isso à Kat. Estou tentando dar uma turbinada no cardápio para levá-la a um desses programas de culinária. Tem que ter títulos atrativos, não é verdade?

Um sorriso puxou os cantos da boca dele.

Um *flash* de algo verde e feio despertou no peito de Kat, e ela se odiou por isso. Anna era jovem, bonita sem esforço, inteligente e envolvente. Num momento de vergonha, Kat estava com ciúmes. Para encobrir, deu a volta na vitrine, lançou um olhar para Sloane e disse no tom mais leve que conseguiu: — A Anna é boa de marketing.

Ele levantou uma sobrancelha. — Ela tem razão. Bolo Pecaminoso da Kat chamou a minha atenção.

Apostava que era Anna quem tinha chamado sua atenção, não suas ideias. Furiosa consigo mesma, Kat foi para uma mesa vazia no canto. Se ele ainda quisesse conversar, seguiria. Se não, ia ficar lá conversando com a Anna.

Fazendo o seu melhor para ignorar o enjoo que estava sentindo, estendeu a mão no encosto da cadeira.

Sloane caminhou, parando tão perto que seu calor aqueceu o lado direito do corpo de Kat. Quente. Potente. A mão cobriu a sua no encosto da cadeira. Com a mesa à frente dela, Sloane a deixava cercada. Envolvendo a mão maior em torno da mão dela, ele puxou a cadeira.

Para ela.

Inclinando a cabeça, Kat absorveu todo o impacto

exercido por aquele olhar. Não tinha imaginado aqueles traços âmbar queimando nos olhos castanhos cálidos. Ou o cheiro de sabonete e masculinidade que ela se percebeu querendo inalar.

— Sente-se — ele murmurou com os dedos na cadeira, entrelaçando nos dela, criando um atrito sensual. — Antes que eu esqueça que estamos em público.

O estômago dela se agitou. Puxa, estava caidinha por ele e nem o conhecia. Tentando recuperar o controle, disse: — Vou precisar da minha mão.

— Esta mão? — ele perguntou, passando os dedos no dorso da mão dela. Subindo até o pulso. Continuava acariciando.

Um formigamento dançou sobre a pele de Kat. Necessidade se aquecia e queimava em fogo brando, ameaçando a explodir pela tampa que ela havia colocado sobre sua vida sexual.

Um pigarrear quebrou o feitiço.

Anna estava ao lado da mesa, usando um sorriso de quem sabia das coisas, segurando uma bandeja com dois cafés e um prato de bolo de café ladeados por dois garfos.

Sloane tirou a mão de cima da dela e puxou a cadeira.

Perturbada, Kat conseguiu sentar sem cair. Quando ele deu a volta até o seu lugar, Anna serviu os cafés e depositou o prato de bolo na frente dele.

— Dois garfos, caso queiram dividir. Mais alguma coisa?

Envergonhada, Kat pegou um dos garfos. — Não vamos precisar disso. — Estendeu o utensílio, perguntando-se quando Anna tinha se tornado uma casamenteira tão determinada.

Tentar forçar o homem a dividir a comida com ela era pressão demais.

Sloane tocou a mão de Kat, puxando-a para baixo, na direção da mesa. — Está ótimo por enquanto, Anna.

— O que você está fazendo? — Ela não entendia. Coisas estranhas demais estavam acontecendo. Roubo de carro, Sloane salvando-a, David demonstrando preocupação após anos quase sem se verem. Agora Sloane estava agindo como tivessem uma atração sexual irresistível. O que ele realmente poderia querer com ela?

A menos que seja uma transa de piedade.

Não. Não deixaria a voz de David entrar em sua mente.

Ele soltou a mão dela e fechou os dedos em torno da caneca. — Você não ficou com medo de mim desta vez.

Ela colocou o garfo ao lado da xícara. Ou poderia fingir que não sabia do que ele estava falando, ou poderia ser sincera.

— Raramente sinto medo na minha própria loja. — Não mais. — O que você queria falar comigo?

— Sobre nós. — Ele pegou o garfo e o espetou no pedaço de bolo.

Kat se inclinou para trás, precisando de distância. Ok, é, ela sentia a atração. Talvez ele também sentisse, só que não entraria nesse mérito. Da última vez que tivera um encontro sexual com um homem, cinco anos antes, ela teve um ataque de pânico.

— Eu não namoro.

Ele sorriu. — Conveniente. Nem eu. Sem tempo, sem interesse.

Então o que é que ele queria? Estava pronta para exigir uma resposta, quando Sloane levantou o garfo com bolo de café, entreabriu os lábios carnudos e deslizou a porção para dentro da boca. Em seguida ele afastou o garfo, lentamente, como se não pudesse suportar a perda de um farelo. Seus olhos escureceram, indo do âmbar ao castanho profundo.

— Hummm.

Aquele som, baixo e vibrante, a perfurou. A tensão apertou sua barriga, afugentado a capacidade de respirar. Sloane colocou o garfo de volta na boca, como se não aguentasse não sentir aquele gosto; seu olhar consumindo-a com o mesmo ardor que dedicava ao ato de comer o bolo.

Ela inclinou-se para frente com as mãos em torno da xícara de café, desesperada para tocar... alguma coisa. Deus, por anos seus desejos tinham se mantido quase em estado de dormência; toda sua paixão era concentrada na confeitaria.

Mas aquele homem, Sloane, estava destruindo-a com um toque de sua mão e uma mordida no bolo de café. Jesus. Kat travou o maxilar, recusando-se a perguntar se ele estava gostando.

Ele baixou o garfo no prato e se inclinou para frente.

Kat precisou de cada partícula do controle muscular para se impedir de inclinar o corpo na direção dele.

Então Sloane disse, grave e lento: — Como sentir o gosto do pecado.

Calor úmido deslizou por seu abdome e ela se ajeitou na cadeira. Precisava manter o controle da situação. Forçando-se a sentar reta e parar de agir como se estivesse em busca de um orgasmo, ela disse:

— Por que você está aqui, Sloane? Pare de jogar; não

tenho o tempo para joguinhos.

— Quero te ver, Kat.

Ela respirou fundo. — Você acabou de dizer que não namora.

— E é verdade. — Ele tomou um gole do café. — Eu ando acompanhado.

Ela sabia o que era ir a ocasiões especiais com um acompanhante, mas não nesse contexto. — Como isso é diferente de sair com uma mulher?

— Sou ocupado. Não tenho tempo para relacionamentos complicados, nem expectativas. — Sua voz não era de quem não brincava em serviço. Falando mais baixo, ele assumiu um tom rouco: — Mas gosto de sexo.

— Hum, quem teria imaginado? — Ele transpirava sexo e perigo, enquanto outros homens apenas transpiravam.

— Mas tenho um monte de obrigações sociais. É mais simples encontrar uma mulher com quem eu tenha química, para fazer uma oferta. Ela participaria de eventos comigo, conforme a necessidade. Em troca, eu daria algo que ela queira. E nós transaríamos.

Ele queria transar com ela. Por um segundo, Kat o imaginou sobre seu corpo, a pele nua, os músculos firmes, penetrando-a. A imagem era erótica, sedutora, até que se lembrasse do motivo pelo qual sexo era uma má ideia. Sentindo-se frustrada que sua libido esquecesse com tanta facilidade, ela baixou a voz para só ser ouvida por ele: — Como pode um homem, que faz do ato de comer bolo parecer sexo oral numa mulher pela qual estava faminto, transformar sexo numa proposta de negócio? — Ela tomou um gole de café.

Os olhos dele se incendiaram. — Quanto tivermos bem

claras as expectativas e as obrigações, vamos poder discutir eu fazendo sexo oral em você.

Kat quase engasgou. Colocando a xícara sobre a mesa, ela afastou a imagem da mente. A cabeça morena dele inclinada... Não.

— Não estou interessada.

Ele se recostou no assento, observando-a. — Pesquisei sobre você no Google, Kat.

Todo o interesse e entusiasmo devasso esfriaram num bolo de medo e raiva. — Você é todo cheio de habilidades esquisitas. — O que ela significava para ele, uma curiosidade? Tinha entrado para o ramo de show de aberrações?

— Era uma notícia de jornal meio vaga a respeito do ataque que você sofreu anos atrás. Policiais te encontraram inconsciente. Nunca encontraram os agressores. Já que você não está mancando por causa da tentativa de roubo, estou considerando que é decorrente desse ataque. — Ele se mexeu no assento e continuou: — Assim como os ataques de pânico. A razão pela qual você estava com medo de mim.

Ela saiu do ar, se afastou. Era uma de suas técnicas para lidar com as circunstâncias e se proteger. Ela se concentrou sobre o ombro dele, olhando para a pintura de uma bailarina em amarelo vivo.

— Por mais impressionante que seja toda a sua pesquisa, isso não vai funcionar, Sloane. — Ela colocou as palmas abertas sobre a mesa.

Ele cobriu uma delas com seus dedos quentes. — Tenho algo, além do sexo, que posso te oferecer.

O toque a queimou, não como as vibrações sexuais de antes, mas como alguma necessidade que não podia nomear.

Ela puxou a mão, mantendo-a firme no colo. Focando na imagem acima do ombro dele, Kat disse: — E o que seria isso?

— Posso te ensinar a lutar e a se defender.

As palavras a atingiram e fizeram revirar sua própria alma. Despertaram um impulso, um profundo desejo que ela nem sabia que possuía. Kat voltou todo o seu ser na direção dele. Por um segundo, uma fração de segundo, ela se imaginou inteira de novo. Forte.

O tipo de mulher que um homem como Sloane Michaels iria querer.

Mas a dor na perna e as memórias lhe disseram o contrário.

Tentando recuperar o controle, concentrou-se na silhueta da dançarina amarela na parede e disse a ele a verdade nua e crua: — Você não entende. Fico bem na minha loja ou quando estou trabalhando. Mas fora disso, situações de estresse podem me causar ataques de pânico. — Ela o encarou. — O sexo causa ataques de pânico, ou causou da última vez que eu tentei. Por isso, esse lance? Não vai acontecer.

Ela se colocou de pé repentinamente, virou-se e foi embora.

Anna ergueu o olhar, antes voltado para a travessa de biscoitos frescos que estava organizando. Seus olhos se arregalaram por trás dos óculos.

Kat apenas balançou a cabeça e passou pela porta vaivém que dava acesso à cozinha.

Sua zona de segurança.

O aço frio industrial e os aromas quentes do forno a envolveram. Familiar e reconfortante. Colocou as mãos na beirada da bancada de trabalho comprida, feita de aço inox, no centro da cozinha. Abaixou a cabeça e respirou fundo.

Seguro. Fora preciso um ano de trabalho ali, entregando todo o seu ser em assar, decorar, e aprender a diferença entre todas as aulas sofisticadas que tinha tido e o mundo real de gerir uma confeitaria. Um ano antes, ela finalmente fora capaz de sair por aquela porta de vaivém e ir até a frente da loja sem entrar em pânico.

O ar ali dentro mudou. Transformou-se.

Carregado de tensão quebradiça.

Ela deveria saber. Anna não era páreo para a vontade, nem para a força de Sloane.

Kat manteve o olhar sobre a bancada escrupulosamente limpa sob as mãos. — Você não está acostumado a receber não como resposta, está?

— Me acostumei a conseguir o que quero.

Ouviu-o se aproximar mais. Sentiu os finos fios de cabelo na nuca se arrepiarem. Sabia que ele estava atrás dela, mas ele não a tocou. Em vez disso, colocou um cartão grosso de cor creme em cima da mesa, entre suas mãos. *SLAM Inc. Sloane Michaels, CEO* estava gravado no centro. Todas as informações habituais. A mão sumiu.

— Você já tem o número do meu celular particular no seu telefone. Aqui está o resto das minhas informações de contato.

A voz dele estava tão perto de suas costas, que ela estremeceu. — Por que você está me perseguindo?

— Porque quero você.

Não estava fazendo sentido.

— Você não ouviu o que eu disse lá fora? Isso não vai acontecer. — Ele a estava deixando aterrorizada. Como se pudesse descascar sua pele e enxergá-la por dentro, todo o seu ser, não apenas as partes que ela escolhia revelar.

— Ouvi. Também te vi rastejando pelo chão para chegar ao seu amigo na noite de sábado. Você me disse para sair do seu espaço no hospital. Você tem mechas cor-de-rosa no cabelo.

— Mechas cor de lavanda. — Podia jurar por Deus, sabia que ele estava sorrindo mesmo sem ver seu rosto. Podia imaginar o modo como os lábios dele se curvavam para cima nos cantos, revelando uma amostra irresistível do homem que havia sob toda aquela dureza.

— Tanto faz, as mechas são sexy. Quero tirar esse elástico do seu cabelo e passar meus dedos entre os fios. Me causa uma distração absurda. Mal estou trabalhando, não estou dormindo e não estou focado o suficiente no meu treino.

Ele achava que as mechas eram sexy? Espere... — Que tipo de treino? Achei que você estava aposentado.

O silêncio apertou o pescoço dela.

— Faço demonstrações de luta.

Pela primeira vez, Kat teve a sensação de que ele tinha maquiado a verdade. Mas o que ela sabia? Mal tinha passado um tempo verdadeiro com ele. Ela olhou para trás.

O olhar dele capturou o seu, queimando até suas células.

— Você ainda luta.

— Por caridade, geralmente.

— E quando encontra bandidos roubando o carro de

uma mulher tão aterrorizada, que fica paralisada e deixa o amigo ser esfaqueado.

— Não foi culpa sua, Kat.

Ela se virou. Precisava quebrar o contato eletrizante que disparava faíscas entre eles.

— Até parece que não. Fiquei paralisada. Vi a faca; o cara estava de costas para o Kellen. Eu poderia tê-lo avisado. Ter feito alguma coisa.

Ela endureceu o corpo quando Sloane se aproximou, o peito roçando suas omoplatas. Os braços a envolveram, as mãos apoiaram-se sobre a bancada ao lado dela. — Estou te oferecendo a oportunidade de aprender a lutar e revidar.

— Mas meus ataques de pânic...

— Lutar é tanto um treinamento mental, como físico. Podemos fazer você superar o pânico, Kat.

Choque vibrou por todo o seu corpo. Era mais do que apenas o homem a envolvendo. Mesmo antes do ataque, seus pais tinham sido protetores e preocupados. Kat era diferente, artística, sem o perfil acadêmico que eles queriam que tivesse, como Marshall, seu irmão mais velho. Ele era um gênio como os pais, enquanto Kat os tinha decepcionado com sua inteligência tão mediana e seu desejo de criar. Desde os ferimentos, no entanto, eles a consideravam apenas incompetente. Até mesmo Kellen era protetor e cuidadoso. A ideia de que ela fosse, de fato, capaz de se defender sozinha? Isso era surpreendente.

— Revidar. — Ela experimentou as palavras e o sentimento de poder que invocavam nela.

— Posso te ensinar.

Ensiná-la a ser mais forte.

— Mas vou ter que tocar em você. — Ele colocou as mãos em torno de seus pulsos e subiu a palma das mãos por seus braços numa carícia lenta.

A pele de Kat arrepiou, os mamilos enrijeceram; a reação foi tão forte que ela apertou as coxas. Não era medo. Era desejo. Desejo quente, de derreter os ossos.

— E, linda, não posso colocar minhas mãos em você... — ele pressionou os quadris na parte inferior de suas costas, o pico rígido de sua ereção marcando-a — ...e não arrancar as nossas roupas e te foder até você gritar de prazer. — Sua boca quente roçou o pescoço dela. — Sem medo, apenas prazer — ele sussurrou, provocando a pele macia. — Estou pronto agora.

Sua calcinha estava úmida, apertando a fenda que o desejava ardentemente. Como ele tinha feito isso com ela?

Ele a soltou, deu um passo para trás. O ar frio rodopiou, substituindo o calor do toque de Sloane.

— Me liga quando você estiver pronta.

Então ele se foi, deixando-a apertando as coxas, os dedos cerrados e com os nós brancos, apertando o aço frio da bancada.

Capítulo 06

Era quinta-feira à noite e Kat estava servindo num prato o frango assado e a salada fria, comprados em rotisserie, antes de levá-lo para Kellen. Diego tinha reuniões naquela noite, os pais de Kel estavam exaustos, por isso ela estava de plantão. Kat entregou-lhe uma garrafa de água, que ele segurou entre a coxa e o braço da poltrona reclinável onde estava sentado.

— Precisa de mais alguma coisa?

— O que, depois de você ter preparado essa refeição gourmet como uma escrava?

Naquela noite ele estava usando seu mau humor como se fosse uma segunda pele. Kellen não era um bom doente.

— Trouxe *brownies*. Mais um comentário sarcástico sobre eu não ter cozinhado e vou dar todos eles ao Diego.

Ele franziu os lábios. — Não posso comer *brownies* se não estiver malhando. Você só está me torturando.

— É a razão da minha existência. — Ela voltou para a cozinha, pegou seu prato, uma garrafa de água e guardanapos extras. Acomodou-se no sofá grande, enfiando os pés descalços sob o corpo.

— Desculpe. Quero um *brownie*. Eu amo seus *brownies*.

— Uma tristeza profunda nublava os olhos dele.

— Isso é porque é a receita super incrível da sua mãe. Todo mundo adora esses *brownies*. — Os pais dele tinham receitas excelentes, que haviam sido compartilhadas de bom grado com Kat. Ela usava algumas, outras de sua própria autoria, e o restante era uma combinação de ambas.

Kellen mostrou o espectro de algo que poderia ter sido um sorriso. — Desculpe.

Ela acenou com o garfo. — Eu mando você se danar e morrer quando força a barra comigo num treino. Isso não é nada.

— Odeio isso. Ter que ficar inválido por algumas semanas, ainda mais que já estava com uma dívida enorme, e as contas médicas... — Ele parou, olhando para o filme que estava passando no Netflix.

Kat reprimiu a própria onda de culpa. Isso não dizia respeito a ela, mas sim a Kel e seus problemas.

— Diego não é o Brian. — Kellen havia passado por um relacionamento ruim com um homem e tinha suportado situações de violência crescente. Brian sempre havia culpado a renda menor de Kellen e sua crescente dívida com o financiamento estudantil e, de alguma forma, a crítica tinha ficado marcada no cérebro dele. Se não estava com as contas em dia, apanhava e era desprezado.

— Eu sei. — Ele olhou por cima do prato. — De verdade. É só que no momento tenho tempo demais para pensar. — Forçou um sorriso. — Me conte o que está acontecendo com você. Vai à festa de noivado do Marshall no sábado que vem?

O estômago de Kat deu um aperto com a lembrança da festa do irmão e da noiva.

— Vou. — Ela esfregou a testa. — David fez questão de me lembrar que ele estaria lá. — É claro que ele estaria. Marshall e David eram melhores amigos desde o colegial.

O rosto de Kellen ficou vermelho de raiva.

— Vou com você. Posso ter que ficar muito tempo sentado, mas é melhor do que enfrentar seu ex sozinha.

Ele iria. Ela sabia que ele iria, não importava a dor que estivesse sentindo. Mas ela não arriscaria sua recuperação.

— Não, você não vai. Já lidei com o David na confeitaria, posso lidar com ele na festa. — Assim esperava. Obrigou-se a comer um pouco de frango, como se não tivesse uma única preocupação. Tinha gosto de serragem.

— Você está ficando mais forte. Vai com a mecha no cabelo?

Isso deixou os ânimos de Kat mais leves, e ela não pôde evitar o sorriso.

— Me disseram que são sexy.

— Não o David, isso eu sei. — Kellen baixou o garfo. — Desembuche.

Kat debateu internamente se contaria, mas não conseguiu se segurar e explodiu, relatando a história de Sloane chegando na confeitaria no dia anterior. Por fim, parou de falar e tomou um gole de água.

— Proposta de acompanhante. — Kellen mostrou suas covinhas matadoras. — E essa não é nem a parte interessante.

Ele realmente estava gostando daquilo um pouco demais. — Não?

Kel sacudiu a cabeça. — Não. A parte fascinante é

que ele descobriu como te seduzir. Não com as promessas habituais de roupas, joias, férias... nada disso para a nossa Kat. Você abandonou esse mundo. Está mais interessada na última batedeira industrial e em fazer chocolate de alto nível. Só que ele também não foi por esse caminho.

— O que faz você ter tanta certeza de que ele conseguiu me seduzir?

— Ah, ele conseguiu, Kit Kat. Sua voz muda quando fala dele. — Kel sorriu para ela. — Ele te decifrou. E está te oferecendo a única coisa que te assusta do mesmo jeito que te tenta. Aprender a se defender, a ficar mais forte.

Seu estômago deu outro aperto. — Mas e se eu não conseguir?

Ele a olhou e perguntou baixinho: — E se você conseguir?

Kat fechou os olhos, tentando controlar as ondas de preocupação, medo e desejo.

— Também fiquei com medo com o Diego. Você sabe disso.

Sim, ela sabia.

— Não é a mesma coisa. Sloane não está à procura de um relacionamento.

— E você?

Suas entranhas queimaram.

— Não. — Nunca. Não tinha mais esse tipo de confiança em si mesma. Não teria. — Pelo menos ele é honesto sobre o que quer.

— O que você quer?

Ela pousou o garfo. — Quero ficar mais forte, Kellen. Não quero ter um maldito ataque de pânico quando estiver fora da minha zona de segurança. Estou muito cansada de ter medo. — Era um alívio dizer. — Mas não sei se posso fazer isso.

— Foi igualzinho com a sua recuperação das cirurgias, e quando eu estava aprendendo a confiar no Diego. Temos que dar passos de bebê, menina. Comece com uma coisa de cada vez.

Fazia sentido. Não precisava entrar nisso tudo isso com Sloane num pulo só.

— Uma lição de defesa pessoal.

E, linda, não posso colocar minhas mãos em você... e não arrancar as nossas roupas e te foder até você gritar de prazer. Dar esse passo levaria inevitavelmente ao próximo. Ansiedade enterrou-se em seu estômago, e mais abaixo. Não se lembrava de nenhum homem tendo um efeito tão profundo e visceral sobre ela.

Reunindo coragem, Kat pegou o telefone da mesa de centro, e antes que perdesse o lampejo de coragem, procurou o número de Sloane. Estavam se aproximando das nove da noite, por isso provavelmente não receberia resposta ainda naquele dia, mas não tinha problema. Digitou uma mensagem.

Não exatamente pronta, mas disposta a tentar uma aula de defesa pessoal para ver como vai ser.

Clicou ENVIAR.

Talvez não tivesse que enfrentar David sozinha na festa. Poderia ter um acompanhante, afinal.

Os fins de tardes de domingo, a academia costumava ter poucos frequentadores. Sloane tinha acabado de voltar de uma rápida viagem a Las Vegas para conversar com promotores a respeito de uma luta no ano seguinte. Lá visitou alguns locais com potencial para a construção de outra academia.

Agora de volta, tinha escolhido a academia SLAM mais próxima de onde Kat morava, para sua primeira aula de defesa pessoal. Ele entrou, carregando sua bolsa de ginástica, e se dirigiu ao vestiário. Depois de vestir um calção e uma camiseta, Sloane guardou as roupas e verificou o celular.

Nada da Kat. Será que ia aparecer? Ele sabia o que ela estava fazendo, testando as águas com uma aula de defesa pessoal. Tentando avaliar se ela poderia confiar nele.

Fazia um tempo absurdo desde que tivera tanto trabalho por causa de qualquer mulher. Porém, Kat era diferente. De maneira geral, suas acompanhantes eram mulheres da sociedade que gostavam de ser vistas com ele e que gostavam dos luxos que ele pudesse comprar. De sua parte, não havia esforço algum.

Kat havia despertado algo diferente, algo além de desejo, que ele não sentia há muito tempo; ela era um desafio.

Saiu do vestiário e foi para a área de levantamento de peso, nos fundos.

— Sloane.

— Vingança.

— Michaels.

Os rapazes o cumprimentavam por vários nomes. Vingança tinha sido seu nome de luta. Em segundos, Sloane mudou automaticamente para o modo de treinamento. Todo o resto foi deixado de lado.

A maioria dos equipamentos aeróbicos estava no andar de cima, mas ele subiu numa esteira ali naquele espaço, usada para aquecimento rápido ou treinamento de circuito. Caminhou por um minuto e, em seguida, entrou numa corrida constante. Estava apenas se aquecendo, por isso, cinco ou dez minutos seriam suficientes. Nesse meio tempo, observou com atenção as partes da academia que ficavam visíveis de onde estava. Estava limpa e os equipamentos pareciam em bom estado de funcionamento. Treinadores estavam no andar, observando e orientando.

Voltou-se para Ethan, terminando os alongamentos. Sloane havia contratado Ethan Hunt como motorista e o colocara na sua casa de hóspedes. Era tudo parte do acordo de patrocinar o treinamento do rapaz com um pouco de atenção pessoal, mas isso significava que ele precisava estar disponível quando Sloane tivesse tempo. E Ethan precisava de um emprego. Trabalhar como seu motorista era uma boa solução.

John Moreno apareceu.

Sem diminuir o passo na esteira, Sloane acenou uma saudação.

— Vi o Drake hoje. O pessoal do hospital disse que eles fizeram tudo o que podiam. Drake precisa de uma casa de repouso. — John se apoiou na parede ao lado da esteira.

Merda. Não havia lugar aonde pudesse ir para escapar da dor que lhe causava o câncer de Drake. Mantendo as passadas soltas e constantes, a respiração regular, ele olhou para John.

— O especialista que pedi para rever o caso dele esta semana disse a mesma coisa. Cretinos. — Como se pudessem deixar um dos seus ir parar numa instituição e apodrecer. Sloane não dava a mínima para o quanto uma casa de repouso supostamente seria algo bom. Em seu ponto de vista, ainda era um maldito lugar para se morrer, e não para viver cercado pelas pessoas do seu círculo.

— Então? Sua casa ou a minha? — perguntou John. — Ele é bem-vindo para morar comigo, com Sherry e as crianças.

Sloane sabia que John falava sério, mas rejeitou a oferta.

— Minha casa. O Drake gosta do mar. Vou pedir para Ethan contratar enfermeiros e o que mais ele precisar.

— Vou te dizer uma coisa, deixe a Sherry fazer isso. Ela adora o Drake. Ela vai cuidar dos preparativos. — John lançou um olhar para Ethan, começando o circuito de treino previsto para aquele dia. — Ele é um bom garoto, tem potencial.

Diminuindo o passo para uma caminhada, agora que seus músculos estavam aquecidos, Sloane puxou um braço sobre a cabeça e começou a alongar.

— Ele tem o coração de um lutador. É por isso que eu contratei você para treiná-lo. — Sloane também trabalharia com ele, mas seu tempo era limitado. O trabalho de John, em tempo integral, era treinar lutadores.

— Pode crer. Não importa o que eu jogue no colo dele, ele faz. Mesmo quando tem que sair daqui se arrastando.

Lembrando de suas próprias lutas contra a agonia física indescritível nas mãos de um treinador, Sloane sorriu. — Ele adora a jacuzzi na minha casa. — Ficava no deque de frente para o oceano. Ele parou a esteira e limpou o rosto com a toalha.

John endireitou a postura. — Está vendo esses exercícios que ele está fazendo na barra?

Sloane observou o excelente controle de Ethan, elevando-se em movimentos constantes até deixar a clavícula na altura da barra, e depois descendo sem encolher os ombros. — Estou.

— Vá demonstrar como adicionar peso.

Só com isso, a adrenalina inundou seu sistema circulatório. Descendo da esteira, ele passou as mãos por cima da cabeça e tirou a camisa. Caminhou até os pesos, pegou um de 20 kg e foi mostrar ao rapaz como é que se fazia.

Isso não só ajudaria o garoto, como daria a Sloane a oportunidade de extravasar a preocupação com Drake. E o melhor de tudo? Talvez ele pudesse se cansar o bastante para tocar Kat e não perder o controle.

Não estava brincando quando disse que não seria capaz de colocar as mãos nela e não transar com ela. Naquela cozinha da confeitaria, assistiu em primeira mão à Kat lutando contra seus demônios pessoais com uma força sincera. Foi preciso esforço para dar as costas e ir embora.

Ela o tentava muito mais do que qualquer outra mulher em muito tempo. E ainda nem a tinha beijado.

Kat parou o carro no estacionamento e olhou para a academia enorme de dois andares. O letreiro *SLAM Academia e Centro de Treinamento* reluzia.

Ela poderia fazer isso. Sloane tinha ligado minutos após o envio da mensagem na quinta à noite. Haviam combinado de se encontrar naquele horário, em uma das academias, para treinar. E negociar. Sloane desejava ter claros os termos do acordo, para que não houvesse mal-entendidos.

Então, por que seus dedos estavam firmes em torno do volante? Os nós esbranquiçados? Droga. Odiava quando se sentia assim, odiava ser fraca e ter medo. Era sua chance de ser algo mais do que uma mulher limitada. Forçando-se a soltar os dedos do volante, lembrou-se de que estaria segura. Sloane já não tinha demonstrado como era protetor? Detendo ladrões de carro e mais tarde insistindo que ela mandasse mensagem assim que estivesse em segurança dentro de casa?

Ele não era David.

Mas ainda melhor do que poder contar com ele, seria o fato de que Sloane a ensinaria a se proteger. Kat pegou as chaves, a bolsa com a garrafinha de água e a toalha, e a caixinha quadrada da confeitaria. Ela saiu e atravessou o estacionamento.

Antes que pudesse duvidar do que estava fazendo, Kat entrou no ar artificialmente fresco, sentindo um cheiro acentuado de produtos de limpeza e suor almiscarado. Música soava de alto-falantes escondidos. A recepção se curvava em volta de uma menina bonita de camiseta preta e estampada com o nome da academia na frente. Ela olhou para a caixa na mão de Kat, sorriu e disse: — Bem-vinda. Você é a Srta. Thayne?

Era evidente que estava sendo aguardada.

— Sou. Vou me encontrar com Sloane Michaels.

— Você é a convidada dele, hoje. — A garota saiu de trás da mesa. — Meu nome é Charity. Vou te mostrar onde ele está. Antes, gostaria de guardar a bolsa num armário?

— Não, obrigada. — Seguindo a recepcionista, Kat

observou a enorme área do andar, repleta de aparelhos reluzentes.

— Como você pode ver do lado direito, há a piscina e as jacuzzis. Esta é a área para os aparelhos de *fitness* de última geração, e ali... — Charity apontou para a esquerda — ...é onde ficam nossas quadras de squash e salas de aula. Temos também uma quadra de basquete.

Kat olhou tudo.

— Lá em cima ficam nossas áreas de aeróbica, incluindo aulas de *spinning*. Por este corredor ficam os banheiros, os vestiários, as saunas e salas de massagem. Nosso massagista sai às...

Kat parou de ouvir. Consciência cantou por suas terminações nervosas ao ver a enorme área para levantamento de peso.

Sloane.

Em nada além de calção e tênis.

Fazendo flexões de braço numa barra suspensa.

Kat sentiu a boca seca e teve o desejo de molhar os lábios. As costas dele eram enormes, com grandes músculos nos braços, nos ombros e na parte superior das costas, tensionando e relaxando sob a pele bronzeada. Linhas fluidas de uma tatuagem envolviam seu bíceps direito. A cintura estreitava até o cós do calção preto. Ele estava com as pernas longas flexionadas, e, pendurado em seus tornozelos, estava um peso que parecia bem pesado.

Ele ergueu o corpo entre cinco e dez vezes impecáveis.

Ela não conseguia desviar o olhar, e não queria. Os músculos e tendões trabalhavam com força controlada.

Agarrada à caixa, ela desejou que fosse ele - a pele toda quente e os músculos de aço - que estivesse segurando em vez de uma caixa de papelão.

Inferno, desejava-o em cima dela, o corpo marcando o seu, enquanto a penetrava. Ofegante, Kat corou, e arrepios amedrontados deslizaram por sua coluna.

A sensação de estar sendo observada a invadiu. Vinha do espelho na frente de Sloane. Seu olhar intenso como laser a seguiu na superfície refletora. Lentamente, ele foi baixando o corpo até que ficasse pendurado, soltasse os tornozelos e se livrasse do peso que tinha prendido neles.

Atingindo o chão, Sloane veio caminhando em sua direção.

Ela sabia que havia outras pessoas na academia, mas ele a consumia. Seu rosto duro, a coluna espessa de sua garganta, a linha até os ombros.

Oh, Senhor, os ombros e os braços eram músculos puros que imploravam para ser explorados. Tocados, acariciados e apertados. O brilho de suor cobrindo seu peito a fez pensar em lambidas longas...

Controle-se! Ela não tinha rompantes de luxúria instantânea como esses. Nunca tinha pensado em lamber um homem suado.

Sloane pegou uma camisa de cima de uma esteira e a puxou sobre a cabeça antes de parar na frente de Kat. Lançou um olhar para Charity e disse: — Pode deixar comigo, obrigado.

Kat havia esquecido a garota. Sloane fazia isso com ela, fazia-a esquecer de tudo o que não fosse ele.

— O que tem na caixa? — Ele olhou para suas mãos.

Caixa? Ah!

— *Cupcakes*. Para você. — Um rubor aqueceu sua pele, mas ela se forçou a ignorá-lo. — Meio que para agradecer por hoje.

— Você me trouxe *cupcakes*?

Tinha sido uma ideia idiota trazer *cupcakes* a uma academia. Um cara com a aparência de Sloane, obviamente, não comia um monte de doces.

— Você pode jogar fora.

— Ei, Michaels, eu fico com os *cupcakes* — um dos homens gritou.

Os olhos de Sloane assumiram um tom de castanho escuro incandescente. Ele virou a cabeça na direção do homem.

— Ponha o dedo neles e você está morto, Carson. Ela trouxe para mim. — Ele pegou a caixa da mão dela e a colocou debaixo do braço direito. Um sorriso irrompeu sobre o seu rosto. — Não é, Kat? Só para mim.

Passou pela cabeça dela que ele estivesse chocado. Mas por quê? Mulheres o queriam, o rodeavam. Tinha visto a reação causada por ele na festa de casamento. Imaginou que fizessem todo o tipo de coisas por ele. Os *cupcakes* não eram nada demais.

— Só para você — ela murmurou. Nervosa com a intensidade de Sloane, Kat desviou o olhar para longe, na direção de um grupo de rapazes que os observava com interesse indisfarçado.

— Não se preocupe com eles. — Sloane apoiou a mão em suas costas.

A palma era quente e grande, fazendo-a se sentir

pequena, delicada.

— Vamos para uma sala particular. Ninguém vai nos incomodar. — Ele a levou por um corredor, parou em uma porta e apertou alguns botões num teclado para abri-la.

Kat entrou na grande sala de tatame cobrindo o chão. A parede oposta tinha armários do chão até o teto que ela supôs que estivessem cheios de equipamentos. As restantes estavam cobertas de espelhos, e por um deles, ela observou Sloane entrar na sala atrás dela. Imediatamente a grande área pareceu menor, mais quente.

Ele fechou a porta, trancando por dentro.

Capítulo 07

Parte dela queria sair correndo naquele mesmo instante. Correr. Escapar. Voltar para a confeitaria, que era o seu lugar. Kat colocou a bolsa de ginástica no chão e enrijeceu a coluna.

Sem fugir. Sem entrar em pânico. Ela conseguiria.

Sloane. Ele enchia a sala com a sua presença poderosa enquanto colocava cuidadosamente a caixa de *cupcakes* numa prateleira. Uma vez satisfeito, ele cruzou o chão revestido.

Este era o seu domínio, o seu mundo. Ele estava tão à vontade ali como tinha estado quando entrou na festa de casamento ou quando derrubou o assaltante com a faca.

Nada o abalava?

Bem, aparentemente, um presente de *cupcakes* sim. Os pensamentos de Kat foram dispersados quando ele parou em sua frente, o olhar sugestivo percorrendo-a de cima a baixo.

Ela respirou fundo, vividamente consciente da blusa frente única branca e rosa com sutiã embutido, que deixava cerca de cinco centímetros de sua barriga à mostra. Uma calça de moletom cinza-escuro de cintura baixa envolvia seus quadris.

— Você é cheia de surpresas, confeiteira. É muito

atraente. — Ele fechou os olhos, sua garganta trabalhando ao engolir lentamente. Recuperando-se, disse: — Você vai testar os meus limites de autocontrole.

Ela corou e espirais de desejo floresceram por seu corpo. Foi demais, foi rápido demais. Ela mal o conhecia e, no entanto, seu corpo já reagia. Sua mente, porém, gritava que ela precisava ter certeza de que poderia confiar nele.

— Sloane, ainda não concordei com a proposta de ser a sua acompanhante. Isso aqui é apenas um teste.

Ele pegou sua mão, esfregando o dedo sobre a pele sensível entre o polegar e o indicador. — Vamos discutir isso mais a fundo depois do treino.

O calor de seu toque disparou ondas pelo corpo dela. — Nada de sexo — ela deixou escapar. Não estava pronta, não sabia se estaria.

— De acordo. Por hoje. — Soltando sua mão, a expressão dele ficou séria. — Me fale sobre a sua perna.

Kat levou um segundo para se recuperar.

— Fratura feia na tíbia, que entrou na articulação do joelho. Coloquei placas e parafusos. Raio limitado de movimento. Não posso estender completamente o joelho, nem dobrá-lo ao máximo. — Ela manteve simples a explicação de sua lesão e limitações.

Ele olhou para baixo.

Kat ficou tensa. Ele exigiria ver sua perna? Rapidamente, ela acrescentou: — Faço fisioterapia com o Kellen há anos, além de andar de bicicleta e fazer ioga. Sei com o que eu posso lidar e com o que não posso. — A despeito do que sua família parecia pensar. Mas isso não era algo que precisava compartilhar com ele.

Sloane estreitou os olhos. — Você vai me dizer se estiver com dor. Ficou claro?

Kat quase disse o que ele queria ouvir; mas Sloane não vencera lutas sem um pouco de dor, então ele tinha que entender.

— Vou te dizer quando estiver doendo mais do que deveria.

Inclinando a cabeça, ele pareceu ponderar se ela realmente conhecia seus limites. Satisfeito, concordou com a cabeça.

— Vamos começar. — Parado atrás dela, ele a virou de frente para o espelho. — Quando se é atacado, seu objetivo é incapacitar o agressor e escapar. Para isso, você precisa causar dor o bastante para derrubá-lo no chão; é aí que você corre.

Mesmo com as mãos dele marcando sua cintura, Kat estava ouvindo. — Causar dor como?

— Vou te mostrar os pontos fracos, onde você pode causar o maior dano. — Apontando, ele acrescentou: — Olhos, mas isso é difícil para as mulheres, e vacilar pode resultar em morte. Depois, há o nariz, o pescoço. — Ele tocou sua garganta. Descendo a mão até suas costelas ele continuou: — O plexo solar, fica bem aqui entre o esterno e umbigo.

Kat estremeceu quando o toque de Sloane percorreu levemente o local. Ela ignorou as sensações que os dedos provocavam e se manteve focada.

— Os joelhos. — Ele se agachou, tocando o interior e o exterior do seu joelho. — É muito eficaz visar esses pontos para incapacitar qualquer agressor. Se você conseguir usar força o suficiente, a dor é insuportável. O atacante vai cair e você pode fugir.

Kat fez uma careta, a memória da sua própria dor, quando acordou no hospital, a percorreu. Lutou contra uma onda de náusea.

— Kat? — Sloane continuou agachado no chão revestido.

Ela engoliu em seco. — Pancada no joelho, entendi.

Ele se levantou num movimento fluido. — Mostre para mim.

Rapidamente, ela repetiu os lugares onde poderia causar o maior dano.

— Bom. Agora seu corpo está equipado com armas. Sua cabeça, seu punho. — Ele demonstrou um punho. — A parte de baixo da palma da mão. — Ele mostrou-lhe como puxar os dedos para trás e projetar a parte inferior da palma para frente. Em seguida, concluiu: — Cotovelo, joelho e pé.

Para ele isso era normal. Falar sobre maneiras de ferir outras pessoas, e indicar as partes do corpo que seriam os meios de fazer isso, eram apenas mais um dia na vida de Sloane. O estômago de Kat se apertou.

Sloane esperou, sobrancelha levantada, avaliando-a silenciosamente.

Deixa de ser mole! Levantando o queixo, ela disse: — Entendi. — Ela se lembraria.

— Vou te ensinar como lidar com algumas situações. Mas isso significa que vou avançar para cima de você ou te agarrar. — Ele se aproximou um passo.

Kat tinha a sensação de que ele estava chegando cada vez mais perto de propósito. Seu peito se apertou.

— E se eu entrar em pânico?

Ele tocou seu ombro, os dedos eram quentes e reconfortantes.

— Você fala comigo. Diga quando estiver sentindo os sintomas de pânico.

Sua frequência cardíaca aumentou, mas ela ainda estava no controle. Era difícil admitir suas limitações, admitir como os ataques de pânico iam fundo.

— E se eu não conseguir falar?

Ele deslizou os dedos por seu braço e pegou sua mão.

— Se você não conseguir falar, este é o seu gesto de segurança. São os três toques. — Levantando o braço dela, ele dobrou os dedos e bateu três vezes em sua pele. — Pegou?

— Peguei — ela disse num sussurro. Como alguma coisa tão simples poderia funcionar?

— Você bate assim no meu corpo, onde puder. Estou treinado para reagir a isso, Kat. Posso estar no maior confronto da minha vida, mas eu sinto os três toques rápidos e eles são um sinal para parar no mesmo instante. A vida do meu oponente pode depender disso. Você bate, eu paro, entendeu?

A ideia de ter tamanho poder sobre ele causou um estremecimento. — Fácil assim?

Ele se posicionou atrás dela novamente.

No espelho, Sloane era uma cabeça mais alto do que ela, os ombros muito mais amplos, e os braços demonstrando músculos poderosos. Já tinha visto Kellen de cueca, sabia que ele era magro, rápido e seguro de maneira surpreendente, mas Sloane levava tudo isso a um nível totalmente novo.

E ia confiar nele? Detê-lo apenas com um toquinho?

Ele levantou os braços e os colocou em torno dela, num abraço de urso. Circundaram como hastes de aço intransponíveis, prendendo os braços dela nas laterais do corpo. Então ele a puxou de encontro ao peito.

Antes que Kat pudesse processar o que estava sentindo, sequer se estava com medo, ele falou: — Toque.

Ela encontrou os olhos dele no espelho.

— Mas os meus braços estão presos. — O simples fato de dizer, tornava aquilo real, seus dedos formigaram. A sensação nauseante de desamparo cresceu em sua mente.

— Ache um lugar. Toque. Não desista.

Ela forçou um suspiro e girou a mão direita na altura do punho. Seus dedos encontraram a coxa dele, e Kat bateu três vezes.

Ele a soltou imediatamente. — Bom.

Uma nova sensação de poder correu através dela. — Consegui. Mesmo com meus braços presos. — A sensação era boa. Revigorante.

— Conseguiu. — Ele tocou seu rosto. — Também vai funcionar quando eu tiver você nua comigo, Kat. Lembre-se. Você não vai estar indefesa. Não comigo. Não te quero assustada ou em pânico. Quero você quente, ofegante e desesperada para que eu te faça gozar. Entendeu?

Desta vez não era medo que aumentava seus batimentos cardíacos. Ah, não, era o desejo. Sem saber como responder, ela apenas balançou a cabeça.

— Bom. Agora vamos ver o que podemos fazer com o próximo idiota que tentar te arrancar do carro. Nessa situação a gente tem várias ações. A primeira é bloquear. Quando ele tentar te pegar pelo cabelo ou pelo braço, você dobra o cotovelo e balança o braço num movimento giratório, bloqueando.

Kat prestou atenção na demonstração de Sloane, dobrando o braço e balançando o antebraço. Tentou se imaginar fazendo o mesmo.

— Mas não sou tão forte quanto você. — O eufemismo do ano.

— Não importa. A maioria destes movimentos é baseada em alavancagem e em focar nos lugares certos. — Aproximando-se, ele envolveu a parte de fora do bíceps esquerdo dela com os dedos. — Tente.

O aperto firme a fez duvidar, mas ele era o profissional com campeonatos no currículo. Assim, ela inclinou o cotovelo e rapidamente girou o braço, fazendo o movimento circular.

Ele soltou.

Demais.

— Funcionou — ela disse sorrindo.

Sloane segurou o próprio pulso e ergueu a mão.

— Está vendo onde os meus dedos encontram o polegar? — Kat confirmou com a cabeça e ele continuou: — Essa é a parte fraca. Segurei a parte de dentro do seu braço. Você bloqueou, saindo disso aqui, se livrando da parte mais fraca do meu agarramento.

Fazia muito sentido.

— Sim! — Ok, isso tinha saído um pouco animado demais, mas, caramba, ela nunca soubera desse tipo de coisa.

Rugas de divertimento franziram-se ao redor dos olhos dele. — É tudo uma questão de encontrar o ponto fraco do seu adversário e usar a sua força contra ele. Luta habilidosa exige pensamento rápido.

— O que significa que eu não posso entrar em pânico. — Esse era o seu obstáculo. Precisava manter o medo sob controle, mas isso era problema seu, não dele. — Me mostre mais. — Ela queria aprender.

— Considerando que você ainda está lidando com o cara te puxando para fora do carro, você bloqueou a tentativa dele de te agarrar. Agora você ataca usando a palma da mão. Curve os dedos para trás e dê uma pancada no nariz dele, de baixo para cima, com o máximo de força que puder. — Ele mostrou, os dedos puxados para trás com força, punho flexionado, palma da mão projetando-se para frente. — Mesmo sentada, você consegue bater forte para cima, atingindo-o logo abaixo das narinas e o empurrando. — Virando-se para o lado, ele demonstrou a pancada no ar.

Impressionada com a pura velocidade e poder, Kat tinha certeza de que estava de queixo caído.

— Vou te mostrar de novo. — Ele repetiu os movimentos mais algumas vezes e depois a fez repetir, observando e corrigindo até que ficasse satisfeito.

— Ok. — Sloane ficou na frente dela. — Eu vou para cima de você. Faça os dois movimentos juntos. Bata na minha mão e golpeie meu nariz de baixo para cima com a palma.

Horrorizada, ela disse: — Vou bater em você.

— Sem chance, linda. A única forma de você me atingir vai ser se eu estiver dormindo ou inconsciente.

Certo. Tinha visto como ele se movimentava rápido. Ignorando um rubor de vergonha, ela disse: — Talvez eu fique boa o suficiente.

Movendo a cabeça num gesto de aprovação, ele acrescentou: — Você não pode ter medo de bater ou machucar seu oponente. Não no treino, e não se estiver numa situação em que precisar se defender.

Em outras palavras, parar de agir como uma garotinha assustada. Era exatamente essa a razão por ela estar ali.

— Vamos tentar. — Equilibrando o peso do corpo, ela o observou com atenção. Com que braço que ele iria atacar?

Ele veio com o direito.

Ela girou o braço esquerdo para cima, conectando-se com o dele e o afastando de lado. Na sequência, ela buscou o nariz com a base da mão direita.

Ele se esquivou facilmente e pegou a sua mão na dele.

Kat cambaleou para frente, o corpo ainda seguindo o movimento do golpe.

Sloane passou um braço ao redor da cintura dela, puxando-a para ele. — A sequência está certa, mas você precisa ficar muito mais rápida e mirar com força. Depois que dominar essa parte, vamos adicionar um golpe de joelho. — Ele a colocou de pé. — Outra vez, Kat.

Uma hora mais tarde, Sloane sabia que era hora de parar, mesmo que ainda não tivessem chegado aos golpes no joelho. Kat estava suando, inclinada para frente, esfregando o joelho e a panturrilha. Ele notou que ela passara a mancar de forma mais pronunciada nos últimos dez minutos.

Mas, porra, ela o havia deixado absurdamente impressionado.

— Você já fez o suficiente por hoje, Kat.

Ela se levantou bruscamente, os olhos azul-esverdeados escurecendo como um mar revolto. — Consigo continuar. Faço aulas de *spinning* mais longas do que essa.

Ele entrou em seu espaço, feliz que ela não recuasse como tinha feito no passado. — Você gosta disso. Você gosta de lutar.

— Eu só... Quero ficar mais forte. Melhor.

Ela se sentia bem exatamente do jeito que era, mas Sloane entendia aquele impulso interno de conseguir o controle. Tinha nascido na pobreza, de uma mãe que acreditava em romances de conto de fadas, como se um maldito príncipe fosse aparecer para salvá-los.

O príncipe nunca apareceu, e Sara pagou o preço.

Sloane havia jurado que nunca mais seria indefeso. Acumulara riqueza e poder para permanecer no controle. E planejava usá-los para vingar Sara.

Mas Kat não precisava saber de tudo isso. Não tinha nada a ver com ela.

— Você consegue. Você tem o equilíbrio, a resistência e, mais importante, a vontade de aprender.

Uma onda de cor ruborizou o rosto dela. Virando-se, ela pegou a garrafa de água.

— Se entrarmos num acordo com esse negócio, não quero que você faça isso. — Ela tomou um gole.

Sloane caminhou até Kat. — Fazer o quê?

— Mentir para mim. — Tampando a garrafa vazia, ela se ocupou com a bolsa de ginástica. — Sei o que eu sou.

A raiva começou a fermentar rápido e fundo dentro de Sloane. — E o que é?

Ela se ergueu, a bolsa pendurada nos dedos e os olhos derramando uma agonia silenciosa. — Limitada.

— Quem foi o filho da puta que te disse isso? — Maldição, ele agora raramente perdia a paciência, mas a palavra havia feito seu sangue se agitar enfurecido. *Limitada?* Ela sobrevivera a um ataque brutal. No que lhe dizia respeito, Kat era sexy e determinada, não limitada.

Ela desviou o olhar, a expressão tensa. — Não importa.

Ah, importava. Mas ela não queria admitir, era assunto seu. Cruzando os braços, ele olhou feio.

— Construí um império sabendo quem são os bons lutadores quando os vejo. Se eu digo que você tem o que é preciso para dominar a defesa pessoal, então você tem. Se vai fazer uso dessas habilidades ou não, aí a escolha é sua.

Os ombros dela se encolheram, o queixo se ergueu e os olhos brilharam. — Imagino que você nunca erre.

Outras mulheres ficariam boazinhas e cheias de si. Não Kat. Ela parecia ficar mais forte quando ele chegava diante dela e a desafiava. Quanto mais a pressionava, dando instruções, mais ela fazia. Sloane gostava disso. Muito.

E ela havia trazido *cupcakes*. Ainda não conseguia superar o fato. Havia se acostumado a mulheres que mandavam abotoaduras caras, relógios ou garrafas de bebidas que ele não precisava, para chamar sua atenção. Mas ninguém tinha lhe dado *cupcakes*. Algo que ela mesma havia feito. Com as próprias mãos. Não encomendando pelo telefone, mas fazendo sozinha.

— Raramente estou errado, confeiteira. — Ele caminhou até a caixa de *cupcakes*, pegou-a, e, em seguida, voltou a pegar Kat pelo braço. — Vamos para a sala de descanso e ver que gosto têm esses *cupcakes*. Ele abriu a porta.

Kat olhou em volta. — O que aconteceu com a música? Está muito silencioso.

— Todo mundo foi embora. A academia fechou.

— Estamos sozinhos? — Sua voz saiu fraca, mas ela continuou acompanhando-o no mesmo ritmo.

— Até a equipe de limpeza chegar daqui uma hora, por aí.

Ele a levou até a porta atrás da lanchonete de sucos, e entraram na sala de descanso dos empregados. Lá ele parou. Jesus, mesmo suada e cansada, mal escondendo que estava mancando, ela estava deslumbrante. Ele a queria, mas antes precisavam ter as coisas em termos claros.

— Você está segura comigo. Mas precisamos conversar. Precisamos definir os limites da minha proposta.

Ela inclinou a cabeça para trás. — Eu não concordei.

— Você vai — disse ele. — Nunca estou errado, lembra?

Capítulo 08

Kat repassou com o olhar a sala de descanso surpreendentemente grande. Havia um balcão com uma pia e um micro-ondas, uma geladeira ao lado e duas máquinas de venda. Ela se plantou numa das cadeiras em torno de uma mesa quadrada no centro da sala. Sloane foi até a geladeira e pegou duas garrafas de água. Em seguida, encontrou pratos descartáveis, guardanapos e garfos, e os colocou sobre a mesa.

Afundou na cadeira ao lado dela. — Como está a sua perna?

Merda, ela a estava esfregando. — Ótima. — Kat estendeu a mão para a água fria.

Ele se recostou na cadeira. — Faça do seu jeito, mas sou muito bom em massagem.

Sem chance. Sloane ia querer puxar a perna da calça dela para cima, mas ela preferia não mexer com esse assunto. Pelo menos não ainda.

— Então, esta academia é enorme. Quantas destas você tem?

— Estamos abrindo a academia de número 60 esta semana.

Baixando a garrafa de água, ela se lembrou de que Sloane era mais do que um lutador, ou até mesmo do que um proprietário de academia. Ele era parte de um mundo no qual ela nunca se encaixaria. Como é que ele não via?

— Como foi que você passou de lutador a magnata empreendedor?

Divertimento brilhou nos olhos dele. — Magnata empreendedor?

Ela deu de ombros. — Foi assim que a *Forbes* te chamou. — O patrimônio líquido de Sloane estava avaliado na casa dos bilhões, segundo a revista. Kat não se importava com o dinheiro dele, mas respeitava sua capacidade de desenvolver um negócio.

— Fiz um dinheiro excelente com apoios e comecei a construir meu próprio núcleo de lutadores que eu representava. Fui capaz de transformar os apoios nisso aqui que você está vendo, através de jornadas de trabalho de vinte horas diárias e uma ambição para ter sucesso.

Ela reconhecia uma resposta simplificada quando ouvia uma. Então... Kat podia respeitar o seu *feeling* de negócios, mas só era dona de uma pequena confeitaria. Ele provavelmente considerava sua empresa um hobby, assim como sua família considerava. Recusando-se a sentir qualquer decepção, ela disse: — Você se deu extremamente bem.

Ele se endireitou na cadeira e a observou por longos segundos.

— Não confunda quem eu sou, Kat. Eu quero você, e enquanto estivermos juntos, vou me concentrar no nosso prazer sexual com a mesma intensidade com que eu foco no sucesso. Mas é temporário e só quando conveniente. Não quero nenhum mal-entendido.

Passando o polegar sobre a base de plástico ondulada da garrafa de água, ela considerou suas palavras. Ele tinha limites muito claros para si mesmo. O que será que o fazia ser daquele jeito? No entanto, a verdadeira questão era: será que isso funcionaria para ela? Conseguiria dar esse passo e, finalmente, sentir-se plena tendo um relacionamento sexual e aprendendo o suficiente de defesa pessoal para se sentir segura? Kat precisava acreditar que isso colocaria um fim aos seus ataques residuais de pânico.

Assim estaria livre para fazer mais em relação à confeitaria. Em relação à vida.

Mas amor?

Não. Viver esse tipo de vulnerabilidade e confiança só para depois tê-la dilacerada outra vez juntamente com seus ossos?

Seus pulmões queimaram com o pensamento.

Finalmente, ela respondeu: — Não sou uma mulher romântica, Sloane. Não me vejo me apaixonando por você. E não quero o seu dinheiro.

A tensão nele diminuiu; ele pegou sua mão. — Tirando essa parte da equação, quero você na minha cama. E estou disposto a fazer o que for preciso para te ter lá.

A mão era quente, e a sala parecia ter se aquecido com um estalo de tensão provocado por apenas um toque. Kat nunca tivera uma reação tão forte em relação a nenhum homem.

— Sem meias-palavras de novo?

— Estou sendo honesto, Kat, e espero o mesmo de você. Posso te dar aulas de luta e arranjar um treinador para quando eu estiver viajando. Fora isso, o que você quer?

Ali estavam. As negociações para um relacionamento sexual com expectativas claras e sem apegos emocionais. Ou ela aceitava, ou voltava e se mantinha restrita à sua zona de segurança. Porém, queria mais, ou não teria ido à aula naquela noite.

— Está bem. Acompanhante. Posso fazer isso por você se conseguir encaixar na minha agenda. Mas gostaria que fosse a uma festa de noivado comigo no próximo sábado.

— Vai entregar o bolo ou é convidada?

Ela hesitou, sem saber se um evento familiar era um limite que ele não queria cruzar. Teria que descobrir.

— É de família. Festa de noivado do meu irmão na casa dos meus pais. Eu tinha decidido ir sozinha. — *Deus, cala a boca.*

— Ah. — Ele se inclinou para frente e abriu a caixa sobre a mesa.

Sloane observou atentamente os quatro *cupcakes* como se fossem algo especial. O que ele estava pensando? Incapaz de suportar a expectativa, Kat disse: — Tem de fudge de chocolate, de limão, de baunilha e de veludo vermelho com cobertura de *cream cheese.*

Ele lançou-lhe um sorriso de menino por cima da aba da caixa. — Qual você quer?

Uau, ele realmente tinha ficado empolgado com os *cupcakes.* Ela balançou a cabeça.

— São para você, Sloane. — Faíscas de alegria aveludada rodopiaram em seu peito. Ela havia irritado os pais com os presentes de bolos e doces durante a infância e adolescência. Eles costumavam preferir presentes intelectuais de livros ou ingressos para peças. Haviam deixado claro sua opinião de que Kat estava perdendo tempo com a culinária.

Só que o bilionário de corpo rígido como uma rocha parecia uma criança solta numa fábrica de chocolate.

— Me fale de qual você gosta, ou vou escolher por você — disse Sloane.

Mandão?

— Chocolate.

Ele pegou um de chocolate, colocou-o sobre um prato descartável, incluiu um garfo de plástico e o deslizou na direção dela. Depois escolheu um de limão para si mesmo. Tirando o papel em volta, ele perguntou: — O que te fez mudar de ideia sobre levar um acompanhante à festa de noivado do seu irmão?

Ele queria sinceridade, então ela respondeu: — Ok, lá vai. Meu ex-noivo, David, provavelmente vai estar lá. Não importa, faz anos que terminamos.

— Quantos anos?

Depois de puxar o papel em volta do bolinho, ela o dobrou em um pequeno triângulo. — Cinco anos e meio. — *Você vai voltar mancando.* As palavras desagradáveis de David ecoaram em sua cabeça, fazendo-a se perguntar de novo porque ele realmente tinha aparecido na confeitaria, expressando preocupação por ela.

— Kat.

Ela colocou o triângulo de papel na mesa e o encarou. — Você está me usando para conseguir o cara de volta?

Alarmada, ela riu. — Deus, não. Nunca. — Apertou um garfo na mão, odiando-se por sequer ter deixado David afetá-la. — Só não quero enfrentá-lo sozinha. É uma resposta direta o suficiente para você?

— É sim. — Ele se inclinou para frente. — Porque eu não compartilho, Kat. Você só vai ter orgasmos meus. Só meus. — Relaxando de novo na cadeira, acrescentou: — E você também vai ser a única mulher que eu vou fazer gozar durante esse tempo. — Ele cortou o *cupcake* com o garfo e o enfiou na boca.

Kat perdeu o fôlego diante da exigência. Sentiu o corpo amolecer, e uma necessidade lânguida se espalhar. Sua confiança, as palavras... eram tão sexy. A maneira como ele saboreava o *cupcake* também atingiu seu centro de desejo. Sloane lambia o garfo, longas carícias despreocupadas da língua apreciando cada migalha... Kat precisou baixar os olhos. Tentou se concentrar em comer um pedaço do seu bolo.

— Meu Deus, mulher, isso aqui é ótimo. É uma explosão de creme de limão.

Calor a inundou, e ela olhou para cima. — É coalhada de limão. O meu tem recheio de fudge.

Ele estendeu o garfo sobre a mesa e afundou-o na sobremesa de chocolate. Lentamente, Sloane colocou o talher na boca e fechou os olhos com prazer evidente. — Gostoso. — Baixou o garfo de volta ao seu bolo. — Mas gosto mais do de limão.

Ela abriu a boca, mas depois perdeu a linha de pensamento. Ele não estava comendo a porção que tinha cortado. Em vez disso, se inclinou para mais perto, segurando-a para ela.

— Não precisa, eu sei que gost...

Ele deslizou o garfo para dentro de sua boca.

— Prove outra vez. Por mim. — Sua voz era grave, um trovejar sedutor ondulando por ela, chegando ao seu ventre e mais abaixo. O limão era vivo e azedo por cima do sabor mais fechado do chocolate, mas ela mal notou. Estava muito focada na maneira como seu corpo se aquecia, os mamilos enrijeciam.

Ele se afastou, os olhos ardendo com um tipo diferente de fome.

— Já provei limão e chocolate, mas não provei você.

Kat engasgou com a enxurrada de desejo que a inundou. — Agora?

Sloane pegou o prato dela e o empurrou de lado com a caixa. De pé, inclinou-se sobre ela. Apertou as mãos ao redor de sua cintura, levantou-a como se ela não pesasse nada e a sentou na mesa.

Ele enchia sua visão, o cabelo despenteado e sexy, bebendo-a com os olhos. Kat sentiu a pele tensa e sensibilizada diante da avaliação. — Mas falamos que nada de sexo por hoje.

— Só um beijo, gatinha.

— Gatinha? — Ninguém a chamava assim.

A boca dele se curvou.

— Você está nervosa, querendo meu toque, mas está com medo. Decidindo se vai me arranhar ou ronronar para mim. Como uma gatinha.

Ela arqueou uma sobrancelha. — E se eu te arranhar?

— Pode vir, linda. Isso só vai significar que quer que eu te amanse até você ronronar. — Ele a segurou pela nuca e acariciou sua mandíbula com o polegar.

Kat estremeceu quando ele passou a mão sobre o comprimento de sua trança e depois puxou o elástico que a prendia, penetrando os dedos pelas mechas do cabelo, erguendo-as e penteando os longos fios. Um calor sensual a perfurou, ela quase gemeu.

— Deus, eu quis fazer isso desde a primeira vez que te vi lá no salão de festas, de pé atrás do pilar. — Ele continuou passando os dedos por seu cabelo, até enrolar uma mecha em volta da mão.

E se inclinou para frente. Devagar. — Qual é o gesto de segurança?

As palavras roçaram os lábios dela. Tão perto. Kat precisou pensar. As três batidas.

— Três toques.

Ele mudou de posição, colocando as pernas entre as coxas dela, deslizando a outra mão para baixo, em sua coluna, e apoiando logo acima da calça, puxando-a para a beira da mesa. Para ele. O calor de seu corpo ficando impresso no dela.

— Quer que eu pare?

Uma de suas mãos segurava o cabelo, a outra pressionava as costas. Ele a tinha enjaulado, aprisionado. Estava à sua mercê. O rosto estava tão perto, que ela quase podia sentir seu gosto. Queria sentir.

— Não.

Os lábios carnudos se curvaram num sorriso. — Bom. — Ele roçou sua boca na dela. Para frente e para trás, com movimentos leves e provocantes. Mudou a forma como segurava o cabelo dela, puxando a cabeça para trás e lambendo a junção entre os lábios.

A investida quente, molhada e lenta de sua língua a atingiu. Ela abriu a boca.

Sloane mergulhou, tomando posse com os movimentos ousados e exigentes de sua língua.

O beijo foi ficando quente e selvagem. O coração de Kat palpitava. O calor, a força e o cheiro de Sloane a cercavam. A boca fundindo na dela, a mão entrelaçada em seu cabelo, controlando-a, a palma da mão deslizando sob a bainha da regata, fazendo suas costas queimarem.

Os quadris dele se moveram, forçando suas coxas a se abrirem mais, expondo seu centro para o volume duro da ereção que esticava o calção. Kat sentiu sua fenda doer e latejar, um vazio se abrindo no fundo de seu ventre, desesperado para ser preenchido. Ela gemeu, as mãos agarradas aos braços dele, tentando puxá-lo para o ponto que ansiava por ele. Que precisava de mais. Sua língua se apertou contra a dele, buscando mais. Tinha gosto de potente masculinidade misturada ao sabor do bolo, como se ela o tivesse marcado. Era excitante demais.

Sloane rosnou baixinho no fundo da garganta e afastou a boca bruscamente. Ele a puxou para mais perto e beijou-a ao longo do maxilar, deixando um rastro quente e úmido.

Seu coração batia forte no peito. Através das calças, o cume incrivelmente grosso de seu pênis investia contra ela. Cada contração e espasmo roçava o clitóris, deixando-a mais desesperada.

Sloane mordeu o lóbulo de sua orelha.

Kat fez um movimento involuntário, esfregando o clitóris pela ereção.

— Os toques — ele sussurrou. — Faça. Ou não vou parar. Não consigo.

Ela o ouviu. Não queria. Não podia.

Ele a empurrou para trás até que ela estivesse reclinada sobre a mesa. A mão dele deslizou para debaixo de seu traseiro, levantando-a.

— Toque ou eu vou te fazer gozar aqui e agora. — Encostou a pélvis em sua abertura. Sobre o clitóris, através da calça. Ela estremeceu.

Os olhos dele ardiam como âmbar. Um rubor aqueceu seu rosto. Ela podia sentir a necessidade quase sem controle que o conduzia. Ele era a personificação do sexo e do poder.

Tão atraente e um pouco assustador.

— Não vou parar, Kat. Vou rasgar essa calça e vou te lamber até você gritar. E depois vou te foder bem aqui na mesa da academia. — Ele fechou os olhos, esforçando-se. Em seguida os abriu. — Toque, porra.

Nunca tinha sido assim, tão selvagem e apaixonado. Ela estava fora de controle. E as últimas palavras finalmente perfuraram seu desejo com uma pontada de medo. Ela curvou os dedos.

Bateu três vezes na superfície dura de seu bíceps.

Sloane deslizou as mãos de cima dela e deu um passo para trás. Virando-se, ele foi até a parede, bateu as mãos no gesso e baixou a cabeça. Em seguida, caminhou de volta até a mesa, pegou a garrafa de água e bebeu.

Kat se ergueu até sentar. Observou-o inclinar a cabeça para trás, a garganta trabalhando ao engolir a água. Ela arrastou o olhar para baixo...

Para o volume enorme a ereção levantando o calção folgado.

Ele a queria e parou em resposta ao sinal. Apesar da

frustração dolorosa, isso dava à Kat uma sensação de poder. Apenas três batidinhas e ele parou.

Sloane pousou a garrafa, virou-se e cruzou os braços, seu rosto era uma máscara. — Que horas eu te busco para a festa de noivado?

— Você vai?

Ele cruzou a pequena distância entre eles, o olhar fixo no dela. Parou um pouco além do alcance. O sussurro de sua respiração acariciava a pele dela.

— Quase perdi a cabeça com um beijo, esqueci completamente da equipe de limpeza que vai estar aqui em poucos minutos. E o mais importante, fiquei perto demais de quebrar minha promessa de que não haveria sexo esta noite. Tudo. Com. Um. Beijo.

Ele não a estava tocando, mas Kat sentia a pele estalar com a tensão como se ele estivesse. Não sabia como responder.

— Não vou recuperar a razão outra vez antes de estar dentro de você. Bem no fundo.

Ela estremeceu. Ele tinha provocado aquilo, de alguma forma havia estilhaçado seus escudos, sua capacidade de se desconectar, e a havia deixado vulnerável. Necessitada.

Deveria se sentir ansiosa ou aterrorizada? Tentando recuperar o controle, ela escorregou para fora da mesa, correu até a cadeira e pegou a bolsa de ginástica. Hora de debandar e reagrupar.

A mão dele bateu na porta, impedindo-a de abrir. — Que horas, Kat?

Sloane apareceu bem atrás dela, seu corpo envolvendo-a. A voz era grave e exigente. Esforçando-se para manter a calma, ela tomou uma decisão. Reconheceu sua verdade. Desejava aquilo tudo com ele. Quando ele a tocou, quando a beijou, a parte sexualmente agressiva de seu ser, a que havia sido trancada e reprimida por anos - inferno, talvez para sempre - começou a chutar as barras que a aprisionavam. Ela o encarou. — Seis.

Ele levantou a mão, percorrendo uma mecha de seu cabelo, provavelmente, uma lavanda.

— Está escuro agora. Vou te acompanhar até o carro. Mas não vou arriscar mais um beijo.

Ela precisava ficar longe dele. Desesperadamente. — Estou bem. Posso ir até o meu carro sozinha.

Ele soltou seu cabelo e ficou rígido. — Quando estiver comigo, vou ter certeza de que você está segura. Toda maldita vez.

Algo cru e vulnerável sombreou os olhos dele. *Sofrimento. Dor.* Um sentimento tão feroz que sugou toda a luz.

O coração de Kat ficou constrito de dor por ele. Ela começou a levantar a mão, precisando aliviar...

Sloane piscou. Seu rosto se fechou e virou pedra. Ele passou além dela e abriu a porta.

Kat deixou cair o braço.

Mas não conseguia afastar a sensação de que Sloane Michaels tinha chegado ao inferno.

E ainda não tinha encontrado o caminho de volta.

Capítulo 09

Expectativa chiava baixo nas entranhas dele. Tinha passado a semana toda viajando e não tinha visto Kat desde domingo à noite na academia.

Quando ela abriu a porta do apartamento, ele respirou fundo. Seus cabelos ondulavam de forma sedutora sobre os ombros nus, e ela estava vestindo uma túnica sem mangas azul-turquesa com duas longas tiras frouxamente atadas na frente. Ele queria envolver as tiras ondulantes na mão e puxar Kat para um beijo, mas se conteve. Ela estava aprendendo a confiar nele, não precisava colocar as mãos em cima dela no segundo em que a visse. A calça preta justa agarrada nos quadris e nas coxas não estava contribuindo com sua resolução. E depois os sapatos... um dia ele teria jurado amar mulheres em salto agulha, Mas Kat fazia sapatos baixos parecerem sexy.

Erguendo o olhar, ele sorriu. — Você está linda. Eu meio que esperava que cancelasse depois de ter tido uma semana para pensar a respeito.

— Passou pela minha cabeça.

Ele colocou a mão na parte inferior de suas costas, guiando-a para a limusine. No toque de sua palma, os músculos dela trabalhavam mais do que o normal para acomodar a perna direita. Ele diminuiu o passo a fim de tornar as coisas mais fáceis para ela.

Na limusine, ele dispensou o motorista e abriu a porta. O cabelo macio de Kat roçou seu braço como uma lenta carícia acetinada. A sensação disparou um alerta direto para a sua virilha. Acomodando-se no carro ao lado dela, ele não conseguia se lembrar da última vez que um simples toque tinha feito seu corpo pegar fogo.

Quando a limusine entrou num movimento suave, Sloane retomou a conversa: — Por que não cancelou? — Estava extremamente feliz que ela não tivesse, mas ainda assim estava curioso.

Ela encontrou seu olhar. — Estou tentando descobrir por que eu me sinto atraída por você.

Ele estendeu o braço sobre o encosto do assento, acariciando seus cabelos.

— Alguma sorte com a tarefa? — Porque ele não estava tendo. Mulheres bonitas, em seu mundo, eram algo comum, então o que Kat tinha que o afetava tanto?

Droga, desde o beijo, ela havia se tornado uma obsessão. Nenhuma mulher jamais havia lhe provocado uma necessidade incontrolável de forma tão rápida.

— Talvez seja só o meu período de abstinência. Você é um homem muito sexual.

Ele era, mas Kat tinha levado o seu apetite a um novo nível. — Quanto tempo faz?

Ela começou a se virar.

Ah, não, ele não ia aceitar essa atitude. Erguendo a outra mão, ele segurou seu rosto.

— Não desvie os olhos. Mande eu ir a merda se quiser, mas não desvie os olhos. — Acariciou seus lábios com o polegar. Um brilho leve. Ele queria lamber. — A escolha de me contar ou não é sua, mas estou muito, muito interessado. — Sua voz ficou rouca com a necessidade de saber tudo o que podia sobre ela para, proporcionar-lhe tanto prazer quanto possível.

Ela separou os lábios.

O hálito quente soprou sobre o polegar. Foi preciso um esforço consciente para não deslizar o dedo para dentro da boca úmida. — Cinco anos.

As entranhas dele se apertaram, e sangue bombeou por seu corpo violentamente.

— Cinco anos desde que você transou pela última vez? — ele esclareceu.

— Com um parceiro.

Porra, não precisava pensar nela com a mão entre as pernas, se estimulando, tentando atingir o orgasmo. Ofegante, ficando tensa, o corpo quente e os mamilos rígidos... a vagina molhada e latejante. Precisando do alívio.

Jesus, ele não ia conseguir andar.

Mas percebeu que ela estava pensando de forma muito compenetrada, talvez lembrando-se do incidente que tinha mencionado na confeitaria. Sloane lembrou dela dizendo que havia entrado em pânico durante o sexo. Ele continuou tocando-a, alimentando a conexão muito real que existia entre eles.

— Você teve um ataque de pânico da última vez que tentou. Me diga o que eu preciso saber a respeito disso.

— Foi um efeito rebote poucos meses depois de o meu

noivo e eu terminarmos. Outro cara da fisioterapia. — Ela fechou os olhos. — Senti como se estivesse sendo sufocada quando ele estava em cima de mim. Eu disse a ele, mas ele estava... hum... na hora ele não me ouviu. Entrei em pânico e gritei.

Isso o ajudou colocar o pau sob controle, mas não diminuiu nem um pouco seu desejo por ela.

— Você se sentiu assim quando eu te beijei?

A expressão de Kat suavizou, e a tensão em seu corpo diminuiu. — Não. Não até o final, quando você estava tentando me assustar.

Ele estava fazendo exatamente isso, precisando que ela usasse o gesto de segurança, precisando provar que ela poderia confiar nele. Mas a desejava tanto, que só ela poderia fazer aquilo parar. Sua disciplina habitual havia desaparecido sob o poder da reação de Kat. Entretanto, sua atenção estivera cem por cento focada nela; Sloane não teria deixado de perceber o pedido para parar.

— Não importa o que esteja acontecendo, eu vou te ouvir.

— Como você sabe?

Ele se inclinou para baixo. Lentamente. Chegando perto dela. Quando estava próximo o bastante, ele disse: — Porque não vou pular fora, linda, até você pular. Várias vezes. Vou ficar prestando muita atenção em você.

Ela balançou na direção dele, a respiração vibrando.

Tinha passado cinco anos sem o toque de um homem. Cinco. Anos. E ali estava ela, confiando nele para lhe proporcionar esse prazer intenso, algo quente o bastante para queimá-lo.

— Você vai olhar nos meus olhos desse jeito quando a gente colocar um fim no seu período de abstinência. Vou assistir você gozar, estremecendo de prazer até não aguentar mais.

E então ele iria lhe dar mais. Tanto quanto ela quisesse.

Kat estava se afogando nele, os dedos tocavam seu rosto, o polegar acariciava seu lábio. As palavras faziam seu coração bater contra as costelas. Ela queria.

Queria ele.

Aquele beijo da semana anterior... ela quase teve um orgasmo lá mesmo na sala de descanso da academia. Vestida. Com nada mais do que o beijo e um pouco de atrito nos lugares certos.

E agora ele estava fazendo aquilo de novo, cercando-a, o perfume inundando seus sentidos. Os lábios talvez estivessem a cinco centímetros do dela.

— Você vai me beijar.

— Sem a menor dúvida.

— Logo? — A voz saiu ofegante, rala... quase sem substância.

— Assim que eu resolver um problema. — Ele moveu o polegar sobre seu lábio inferior, mergulhou-o, quase nada.

Apenas o suficiente para tocar sua língua.

Kat quase gemeu. Seus mamilos enrijeceram, ficaram

doloridos. Calor inundou seus braços e pernas e escorreu até lá embaixo. — Problema?

Os olhos sensuais de Sloane brilharam. — Como vou parar desta vez?

Ele escorregou o polegar mais fundo, deslizando pela língua.

Ela fechou a boca, saboreando-o. O sabor forte e almiscarado a seduzia a desejar mais.

— Assim que sentir seu gosto, não vou mais querer parar. Vou querer provar seus ombros, lamber seus seios, sugar seus mamilos. — Ele tirou o polegar. — Como é que eu vou parar, Kat? Mal parei da última vez e só porque você deu os três toques. Mas você não vai me fazer parar desta vez, vai?

— Não sei? — Estava perguntando? Concordando? Implorando? De alguma forma, Sloane tinha feito crescer todo o desejo que ela perdera, como uma onda pronta para consumi-la.

— Você tem o poder, Kat. — Ele passou o dedo sobre a curva de seu maxilar e depois acariciou a clavícula.

Uma vibração dançou em seu estômago. Não conseguia mais aguentar. — O quê?

— Você está segura comigo. Se quiser parar, a gente para. Mas se eu te beijar, sentir o gosto da sua boca, só vou ficar com mais fome. Vou ficar faminto para conhecer o resto de seus gostos. Seus seios, sua barriga, a pele macia do interior das suas coxas. — Ele roçou a boca por seu ouvido, o hálito era quente e provocante. — Então eu vou abrir suas pernas e beijar, lamber e sentir seu gosto até ficar satisfeito.

O clitóris pulsava mesmo com choque que a queimava. Ela respirou fundo. — Você está me torturando.

— Você merece, gatinha. Fiquei meio duro a semana toda depois daquele beijo. — Ele lambeu a curva de sua orelha. — É assim que você me deixa.

Ela estremeceu, caindo sob o feitiço que Sloane lançava com suas palavras e toques. Ele se afastou de sua orelha.

— Um beijo. É só isso que vamos ter até depois dessa festa. Um beijo. A gente consegue, Kat?

Seu pulso zumbia, e seu corpo cantava com novos e vibrantes desejos. Era isso o que as mulheres normais sentiam? Uma parte dela estava com medo. Aterrorizada. O poder que ele tinha de proporcionar esse grau de excitação...

Demais. Forte demais. Ele estava criando uma necessidade dentro dela, cuja intensidade era quase violenta.

— Posso usar os toques? — Ela precisava reafirmar que tinha algum poder.

— É o seu período de abstinência, Kat. A sua decisão.

— Me beija.

Ele cobriu sua boca; os lábios eram uma sedução quente. Um cheiro delicioso de sabonete e carvalho envelhecido misturado à pura masculinidade encheu suas narinas. Apenas um gole do sabor brincou ela, como uma trufa de chocolate amargo e delicioso que ela estava desesperada para capturar e saborear. Mais, queria provar e tocar tanto do corpo dele quanto pudesse ter acesso. Colocando a mão em seu ombro, ela traçou e moldou a poderosa flexão dos músculos através do blazer.

Ele fez um ruído no peito. Uma exigência feroz. Roçando a mão na face dela, ele escorregou os dedos debaixo de seu cabelo para segurar a nuca. O polegar acariciou a mandíbula, convidando-a a se abrir para ele.

Kat inclinou a cabeça para oferecer o que ele exigia e tomar o que ela desejava.

Sloane deslizou a língua em sua boca. Aprendendo, explorando, comandando. O sabor rico inundou os sentidos dela, preenchendo cada célula e ainda não era suficiente. A pele quente, nua, da garganta dele queimou seus dedos quando ela a percorreu, provocando arrepios nele. O pulso na base do pescoço era forte e rápido. Excitação a perfurou, exigindo sentir e saborear o efeito que ela tinha sobre ele.

Mais. Ela foi mais longe, mergulhando no decote da camisa dele, tocando os músculos definidos sob a pele febril. Queria descer lambendo seu peito. Queria lambê-lo inteiro. A necessidade era tão vívida, que ela sugou a língua dele numa ansiedade crua. Sloane trazia à tona a sua audácia, a parte de sua natureza que tinha reprimido por tantos anos. A liberdade e o poder lhe proporcionavam novo impulso. Ela adorava a sensação de colocar um homem tão confiante e poderoso como Sloane Michaels de joelhos sob seu toque e seus beijos.

Ah, sim. Essa nova intrepidez era muito conveniente.

Sloane grunhiu e afastou a cabeça para trás até poucos centímetros os separarem. Sua mão a segurava pela nuca, o polegar acariciando o lugar macio entre a orelha e o queixo.

— Um beijo — disse ele.

Ela piscou e seus arredores entraram em foco; estavam na limusine, perdendo totalmente o controle. Ok, isso não era ruim. Na verdade, tinha sido incrível. As pupilas dele estavam tão dilatadas que quase não restava nenhum marrom. Por causa do beijo. Kat se permitiu absorver tudo.

Acariciando seu maxilar, ele disse: — Graças a Deus você está de calça. Se estivesse de saia, eu já teria jogado a sua calcinha no chão.

Memórias da última vez que ela havia usado saia percorreram suas veias como uma transfusão de sangue em temperatura abaixo de zero. Seu desejo congelou. Kat não era como as outras mulheres. Afastando-se para longe dele no banco, ela fitou a tela escura que lhes dava privacidade. — Não uso saia.

Tomando uma consciência viva dele se afundando no assento, ao seu lado, ela se odiou por permitir que os medos e memórias antigos destruíssem o momento.

— Esse tipo de merda realmente vai me deixar irritado, gatinha.

Virando a cabeça com um movimento brusco, ela viu a violência quase incontida brilhando em seu olhar. No entanto, ele a tinha chamado de gatinha, o apelido que tinha posto nela. O contraste a confundiu. — Porque não vou usar saia?

— Porque você está recuando, me afastando de você.

Ele era ainda mais perspicaz do que ela pensava. — Este é mais um de seus termos, Sloane?

Pegando a mão dela, ele entrelaçou seus dedos e a puxou mais para perto. — Não gosto que você construa muros entre nós. Me deixa determinado a derrubá-los.

— Você é sempre exigente desse jeito com suas amantes? — O que estava mexendo com ela? Medo? Desejo? Excitação? Um desafio, pois, por algum motivo ele não parecia duvidar de que ela fosse capaz de segurar a própria onda.

Ele travou o maxilar. — Você está arrancando isso de mim, gatinha. — Sustentando seu queixo, ele passou a ponta do polegar sobre sua bochecha. — A notícia boa é que você tem o gesto de segurança. Porque eu não sou tão domesticado como todo mundo acredita, e existe alguma coisa em você que está brincando com o botão que aciona esse outro cara.

Desta vez, Kat estremeceu.

Um silêncio se propagou como uma onda sobre o grande deque de madeira, decorado com iluminação e flores, muitos lugares para sentar e um bar montado numa das extremidades. Mesmo os garçons que circulavam, atendendo a pedidos de bebidas e oferecendo aperitivos, ficaram em silêncio.

Sloane ignorou a reação, ignorou a atenção que os acompanhou enquanto conduzia Kat em direção a seu objetivo. Ele precisava de uma bebida para tentar transpor a tensão que o perturbava. Por que diabos estava passando por aquela situação? Podia encontrar outra acompanhante. Uma mulher que não o levaria ao limite de seu controle. Aquele beijo na limusine...

E depois a forma como ela havia se distanciando emocionalmente?

Merda. Apenas merda.

Precisa da maldita garrafa inteira.

Chegando ao bar, ele conseguiu recuperar alguma civilidade. — O que vai beber?

— Cianureto. Com gelo e um toque de limão. Ou água. Mas o limão continua. — Kat sentou-se numa banqueta. Sua íris alternava as cores do oceano com apenas o mais leve toque de cinza.

Deus, ele precisava tocá-la. Envolvendo as mãos ao redor de sua cintura, ele arqueou uma sobrancelha. — O cianureto é para você? Ou para mim?

— Não decidi.

Ele não gostava das sombras que a rodeavam. Ou da forma como ela esfregava a perna direita de maneira distraída, num gesto nervoso. Sloane pegou sua mão, apoiando-a na coxa e segurando.

— Talvez comece com algo mais leve e vá subindo até o cianureto. Uma taça de vinho? Alguma bebida frutada?

O sorriso de Kat perdeu o entusiasmo. — Meus pais já nos viram e estão se aproximando. — Ela suspirou. — Provavelmente vou precisar daquele cianureto.

Sloane ficou de costas para o bar. Apertando a mão dela, disse: — Sua mãe se parece com você. — Uma versão mais velha e mais frágil de Kat, mas com o mesmo formato do rosto e cor dos olhos. Um vestido social azul-marinho e pérolas acrescentavam sofisticação.

— As aparências enganam. Minha mãe é uma bióloga molecular determinada a prevenir e curar o Alzheimer. Ela e o David, um neurocientista, estão muito perto de conseguir ter aprovado seu medicamento mais recente. Vai mudar vidas. Um sucesso de vendas.

Seus pais pararam para conversar com algumas pessoas enquanto Sloane tentava compreender a dinâmica. — Seu ex-noivo trabalha com a sua mãe? — Esquisito nem começava a descrever.

— Sim. Projeto Alzheimer é o trabalho da minha mãe e do David, o bebê deles. Fizeram descobertas surpreendentes.

Admiração confrontava a raiva, criando uma perturbação turbulenta que nadava no olhar dela. Claramente Kat tinha uma relação complexa com a mãe. Com um olho avaliador, Sloane encarou os pais dela quando se aproximaram.

— Kathryn — a mãe falou primeiro. — Não esperava por essa. Onde está Kellen?

Então ela não tinha dito aos pais sobre o roubo de carro, o ferimento de Kellen, ou que Sloane a acompanharia à festa. Mas, por outro lado, Sloane não tinha mencionado a ela que conhecia seu pai. Kat tinha uma certa maneira de distraí-lo.

— Kellen estava ocupado. — E Kat o indicou com um gesto. — Sloane Michaels, estes são os meus pais, doutores Diana e William Thayne.

— Nós nos conhecemos. — Os olhos azul-gelo de William recaíram sobre as mãos unidas na coxa de Kat.

Kat olhou para Sloane. — Você conhece o meu pai?

Sim, definitivamente devia ter contado.

— Nossos caminhos se cruzaram. Seu pai estava na comissão de planejamento, quando eu estava construindo a SLAM Academia e Centro de Treinamento em San Diego. — Ele deixou de fora a parte em que o Dr. William Thayne havia se oposto veementemente à academia, alegando que promovia a violência em vez de atividade física para a saúde e, portanto, atraía o tipo errado de público.

Ela fechou a boca apertado. Um novo casal se juntou a eles, e a expressão de Kat suavizou.

— Sloane, este é meu irmão, Marshall, e a noiva dele, Lila Colson.

Sloane apertou a mão do homem que devia ser dez anos mais velho do que Kat. Tinha um ar um pouco distraído, o rosto mais definido e mais anguloso que o da irmã. O rosto redondo de Lila era emoldurado por um cabelo cor de mogno, curto e elegante.

— Acho que já nos conhecemos, embora eu não me lembre de onde.

— Estivemos em algumas das mesmas festas. — Ela olhou para Kat e de volta para ele, como se não conseguisse compreender seu relacionamento. — Minha família é proprietária da Colson Jewels.

— Claro. — Agora, ele a havia localizado na memória. Uma antiga acompanhante sua, Tamara, tinha uma melhor amiga da família Colson Jewel. Provavelmente tinha se deparado com Lila quando estava com Tamara.

— Seu cabelo faz você parecer uma adolescente rebelde, Kathryn. — Sua mãe balançou a cabeça num movimento negativo. — Deixe para lá, meu colorista pode corrigir isso. Vou marcar um horário.

— Eu gosto.

Sloane não conseguia entender muito bem as correntes subterrâneas fluindo ali. Havia uma definitiva tensão entre Kat e seus pais. Mas seu rosto tinha se iluminado ao ver o irmão.

Até agora, não tinha visto o ex-noivo, David.

O pai disse: — Kathryn, preciso falar com você um instante. Michaels pode esperar aqui.

— É a festa do Marshall. Tenho certeza de que isso pode esperar. — Kat deslizou da banqueta e abraçou Lila. — Parabéns. Se meu irmão te der algum trabalho, ligue para mim. — Ela sorriu para o irmão. — Vou lembrá-lo do quanto ele é sortudo por ter você.

Marshall puxou seu cabelo. — Katie era uma pestinha e sabia como conseguir o que queria quando a gente era menor. Uma vez comprei um forno de brinquedo como uma chantagem para ela me deixar em paz. Isso a deixou ocupada.

Uma pontada de dor esmagou o peito de Sloane. Tirou o fôlego.

Sara.

Cristo, ele sentia falta dela. A forma como Marshall mexia numa mecha do cabelo de Kat, como a provocava com afeição real, arrancou a casca da velha ferida.

A visão causou uma dor maldita.

Sloane lutou contra o impulso que esfregava uma dor ardente em seu peito.

— Kathryn, preciso falar com você agora. — William pegou seu cotovelo.

Kat lançou a Sloane um sorriso de desculpas. — Não vou demorar.

Sloane devia deixá-la ir. Ficar fora disso. Ele tentou se concentrar na história de como havia conhecido Marshall e Lila, algo sobre o irmão de Kat dando um discurso em uma convenção...

Mas continuava lembrando de como Kat havia curvado os ombros ao entrar em casa com os pais. Como se estivesse se protegendo. De quê?

Dane-se.

Ele entrou na casa, ignorando os vários convidados que chamavam por ele, e foi até a sala de estar, que ostentava pisos de madeira escura e tetos de catedral. Ouviu vozes e as seguiu até uma grande biblioteca com estantes que preenchiam do chão ao teto, uma lareira, paredes cobertas de diplomas e prêmios. As quatro pessoas no cômodo ainda não o tinham notado. Kat estava agarrada ao espaldar da poltrona de couro. Seus pais estavam inclinados contra uma escrivaninha enorme diante dela e outro homem estava ao lado, próximo a um conjunto de portas francesas.

— Mais de dez anos foram gastos nesta pesquisa, Kathryn. Minha pesquisa. — Diana fez um gesto para o outro homem. — Com a ajuda de David, desenvolvemos o medicamento que está passando pelo último obstáculo da aprovação do FDA. Não podemos correr riscos.

— Como Sloane é um risco? — Kat olhou para os pais, parecendo ignorar David. — Ele é meu acompanhante, só isso.

William deixou cair as mãos para a borda da mesa. — Katie, conheço o Michaels. Conheço sua reputação. Lila também. Ela ficou chocada ao ver vocês juntos. Você não é o tipo dele.

Diana bateu uma unha em sua coxa. — Ele trata com mulheres sofisticadas, bem relacionadas. Nenhuma delas têm mechas ridículas no cabelo.

— Katie — disse o homem esguio, David. — Achamos que Sloane está usando você. Possivelmente para causar problemas antes da aprovação final da droga, em vingança ao seu pai ter tentado barrar uma das academias dele.

Raiva quente como lava atingiu a corrente sanguínea de Sloane. Uma descarga de adrenalina, colocando fogo em seus nervos e músculos. Ele girou sobre a ponta dos pés, mas parou quando Kat se virou e encarou David.

— Acha que eu não reconheço um mentiroso, David?

— Não vamos entrar nessa questão outra vez — Diana interveio. — Você não vai chamar David de mentiroso dentro da nossa casa.

— Diana —William colocou a mão no braço da esposa. —

Ela não consegue evitar. Uma amnésia traumática confundiu as lembranças dela, fazendo-a criar a fantasia de que David está mentindo.

Sloane viu um segundo de confusão nublar as feições de Kat. Sobrancelhas enrugadas, seu olhar correu dos pais para David. De repente a incerteza, o momento em que ela pareceu duvidar de si mesma, sumiu.

Kat respirou fundo, firmando as mandíbulas. — Estou bem aqui. Não falem de mim como se eu fosse um rato de laboratório. — Seus dedos cravaram na poltrona. — E eu tenho *flashes* de lembranças. Lembranças reais, não fantasias.

David correu para a frente, tomando o braço de Kat. — Ah, Katie, é por isso que eu estava preocupado. Você está tendo uma reação ao roubo do carro e ficando confusa.

Kat afastou o braço. — Não me toque. — Ela se virou e saiu pisando duro em direção à porta.

— Kathryn — Diana disse num tom menos estridente. — David nos contou sobre o roubo do carro. Ele sabia que você ia regredir. Ter ataques de pânico e *flashbacks* confusos. Não consegue ver que ele está tentando te ajudar? Todos nós estamos.

Sloane já tinha visto o bastante. Invadindo a biblioteca, pegou Kat pelos cotovelos. Um leve tremor a percorreu.

— Você está bem? — Ela estava bem. Irritada, mas no controle. Até David ir até ela, aí o controle tinha claramente desaparecido. Como se tivesse algum tipo de reação instintiva ao ex. Na sequência, seus pais haviam partido para cima, tratando-a como se fosse um caso neurológico.

Decidido a dar espaço para Kat respirar e relaxar, Sloane a soltou.

Kat inclinou o rosto para cima. — Meu pai acha que você guarda rancor contra ele. E que você está me usando para se vingar.

Dane-se dar espaço. O humor de Sloane tinha se inflamado.

136 JENNIFER LYON

Capítulo 10

Kat estava zangada, envergonhada e magoada. Quando deixou o emprego na SiriX, um trabalho no qual, francamente, ela era péssima, provocou uma enorme ruptura. Seus pais a cortaram fora de qualquer ganho financeiro.

A SiriX era o núcleo da família. O centro. O coração. O motor que os conduzia. A empresa era o legado do brilhantismo de seus pais, por isso era esperado que os dois filhos fossem parte do plano.

Marshall havia saído como o planejado. Inteligente como eles, amava a ciência e estava de acordo.

Kat tinha tentado. Deus, como tinha tentado. Mas era dona de uma inteligência apenas mediana e de paixão limitada pela ciência. Os pais haviam usado seu amor pela gastronomia para motivá-la a ganhar o diploma de química. Tinha entrado no plano, tentando ser o que queriam que fosse. Tentando apenas ser amada.

Mas Kat simplesmente não era boa o bastante. Nunca inteligente ou talentosa o suficiente.

Então por que achava que era boa para Sloane? Ele conhecia seu pai, era evidente que sabia sobre a SiriX e nunca havia mencionado.

Kat olhou para cima, deparando-se com a raiva madura que se espalhava pelas feições dele. Seus ombros enormes despontavam debaixo do blazer, e cor varria as maçãs de seu rosto. Seus olhos se tornaram ferozes. Ele envolveu os braços de Kat antes que ela sequer registrasse o movimento.

— Você acredita que estou te usando, Kat?

Energia inundou as veias dela. Enquanto a família parecia sugar até mesmo a essência de seus ossos, Sloane a enchia de vontade de lutar. Quanto à pergunta? Talvez ela fosse ingênua, mas queria acreditar que sentia atração por ela. Apenas por ela. — Não.

— O que eu quero?

Ela sabia que seus pais e David estava logo atrás. Até mesmo ouviu seu pai dizer algo em tom reprovador sobre Sloane tirar as mãos de cima dela. Mas Kat se concentrou no homem à sua frente. A energia viril assobiava em seu sangue. Eletrificada por ele, ela respondeu: — Eu e meus *cupcakes* de limão.

Um lado da boca de Sloane se curvou. — Você faz *cupcakes* excelentes.

William apareceu ao lado. — Sloane, não maltrate a minha filha na minha casa.

Preocupação e frustração fermentava no olhar do pai. Kat tentou tranquilizá-lo. — Ele não está me machucando.

— Ele te agarrou.

Sloane passou o braço ao redor dela. — Tenha muito cuidado com as acusações que faz de mim, Dr. Thayne. Nunca machuquei uma mulher na minha vida.

Suas palavras eram gélidas. Ele a protegera de ladrões,

até mesmo insistira em acompanhá-la ao carro, saindo da academia. O que havia acontecido na vida de Sloane para motivar essa característica protetora em relação às mulheres?

— Katie — disse o pai. — Nós somos a sua família. Estamos tentando te proteger e cuidar de você.

Cuidar dela. Kat se virou para encará-lo. Era assim que tinha sido desde o dia do ataque. Ou talvez sempre tivesse sido assim e ela é que fora estúpida demais para perceber.

— Você realmente acredita que eu sou incapaz de tomar conta de mim mesma, não é? — Eles a empurraram para David desde o início, colocando-a em seu programa de pesquisa, querendo que ela namorasse e casasse com ele. Assim, David poderia cuidar dela. Porque não ia ser grande coisa na vida por conta própria.

O rosto de William se contorceu em dor antes de se cristalizar em determinação. — Você sofreu um ferimento na cabeça. Perda de memória.

— Eu tive uma concussão. Não passei por uma lobotomia.

— Katie, pense sobre suas decisões. Você se afastou de uma carreira promissora como química para trabalhar numa confeitaria. Você a comprou, recusando-se a ouvir o nosso conselho, e torrando o dinheiro que sua avó deixou. Será que precisamos entrar no tema dos seus ataques de pânico, ou no fato de que você não podia aparecer em público sem causar uma cena? — Ele estremeceu visivelmente com a visão de seu cabelo. — Você tem mechas cor-de-rosa no cabelo. — William balançou a cabeça. — Você não vê, Katie? Você mudou.

Doía mais do que ela podia suportar.

— Eu não mudei, pai. Só parei de fingir. — Ela empurrou o braço de Sloane e saiu pela casa em direção ao deque.

Sloane a alcançou. — Quer ir embora?

Kat parou no bar e encarou Sloane. — Não. Eu quero uma bebida. — Não ia fugir, merda.

Para sua surpresa, Kat acabou gostando do jantar que os garçons agora estavam recolhendo com eficiência, enquanto mais garçons passavam a servir o champanhe. Até mesmo as duas mulheres à direita de Sloane, que se esforçavam para obter sua atenção, não estavam irritando-a. Especialmente desde que ele havia pousado a mão no encosto de sua cadeira, brincando com seu cabelo e ouvindo-a conversar com as pessoas.

Uma grande parte da sua felicidade foi se reconectar com a velha amiga Amelia Gregory. Haviam trabalhado juntas na SiriX. Kat sorriu quando Amelia contou a história de tentar fazer um bolo para o aniversário de seu então namorado.

— A Kat me salvou, é claro. — Amelia riu. — Ela veio e ficou até as duas da manhã fazendo o bolo perfeito e depois me deixou levar o crédito.

O marido de Amelia inclinou-se perto da esposa. — Ela confessou antes que eu pudesse soprar as velas. Agora compra todas as nossas sobremesas na Sugar Dancer.

Dando continuidade às revelações, Kat disse: — Amelia me tirou do sufoco no laboratório mais de uma vez. Eu detestava analisar resultados e escrever aqueles relatórios. Eu estava devendo. — Simplesmente odiava o trabalho.

A orquestra parou de tocar, e todos se viraram para

Marshall, levantando-se com a noiva. Assim que teve a atenção de todos, Lila apresentou as damas de honra, seguidas pela madrinha.

Marshall apresentou os que ele tinha escolhido para ser seus pajens, seguidos pelo padrinho, o Dr. David Burke.

Um puxão no cabelo disse a Kat que Sloane havia apertado os dedos em torno da mecha com a qual estava brincando. Kat ignorou, determinada. David tinha mais status do que ela mesma dentro de sua própria família. Porque tinha mais a oferecer à SiriX, era o verdadeiro filho primogênito - e o preferido - de seus pais.

Ah, mas eles a amavam. Kat tinha visto seu rosto devastado no hospital. Aquilo tinha sido real. Assim como sua decepção por ela.

Em especial a mãe. Quando era uma criança muito nova, vendo sua mãe se preparar para o trabalho, Kat queria ser como ela. Depois veio a escola e a realidade e, com elas, a crescente decepção de Diana ao perceber que a filha não era brilhante.

— Kathryn?

A voz de Amelia a arrancou de seus pensamentos. — O quê?

Os olhos castanhos da amiga reluziam de raiva. — Será que não te incomoda que seu irmão continue amigo do seu ex?

Incomoda. Ela tentou desviar o assunto.

— Você conhece o Marshall. Ele evita todos os conflitos. — Ele concentrava todas as energias no amor pela ciência. Porém, tinha mandado para dentro cada receita seca e de gosto horrível que ela havia preparado. Tinha elogiado seus avanços. Comprava seus livros sobre confeitaria, os vídeos.

Ainda que a tratasse como irmã mais nova, nunca a havia tratado como burra ou pensado que ela deixava a desejar em algum aspecto.

— Sim, bom. — Amelia afundou na cadeira e murmurou: — Ele poderia escolher amigos melhores do que o Dr. Burke.

Kat tinha sentido falta da amiga.

— Fale baixo. Você trabalha para o David.

Ela se virou para Kat. — Fiquei feliz quando você deu um pé na bunda dele. — Olhando para Sloane, Amelia sorriu. — Seu gosto melhorou.

A mão de Sloane deslizou para a nuca de Kat, grande e quente. — Dê ouvidos à sua amiga, Kat. Gostei dela.

Ela revirou os olhos. — Não alimente o ego dele. Ele já é cheio de si o suficiente.

Amelia tocou seu ombro. — Kathryn, a gente tinha que sair juntos um dia. Nós quatro, se vocês dois não se importarem de andar com um casal de velhos.

Kat congelou, sem saber o que dizer. Sloane não fazia esse tipo de passeios, ele havia deixado bem claro. Não iam sair para jantar com outro casal. Não importava o fato de que Kat tinha parado de ver todos os seus velhos amigos quando os ataques de pânico passaram a dominar sua vida.

— Parece divertido — ela disse vagamente, depois pegou a bolsa da mesa e se levantou. — Vou ao toalete.

Sloane se levantou. — Vou com você.

Ela não o queria ouvir lembrando-a de que tinham um acordo. Forçou um sorriso. — Não seja bobo. Está tudo bem. — E afastou-se apressada.

Uma vez na casa, ela subiu para seu antigo quarto. O banheiro havia sido adaptado com barras na banheira de hidromassagem, na época em que Kat estava se recuperando.

Seus pais tinham cuidado dela após o ataque. Feito tudo o que podiam. Especialmente o pai. No começo, ele havia sido consumido pela ação, consultando médicos, contratando pedreiros para reformar o quarto... mas havia chegado um momento em que ele não tinha mais nada a fazer. Raiva começou a tomar lugar. Não poderia consertar a filha, não podia controlar o que tinha acontecido.

Então, ele tentou controlar todo o resto do que dizia respeito a ela. Na cabeça de seu pai, Kat vinha se dedicando à confeitaria porque estava magoada. Não importava que David estivesse presente; William acreditava que teria sido pior se David não estivesse.

Medos não tinham que ser racionais, ela sabia disso. Não se recusava a vestir uma saia? Alguns diriam que era irracional. Não importava, ela não conseguia.

O mesmo com seu pai. Ele acreditava que Kat estaria segura se casasse com David e trabalhasse na SiriX.

Em vez disso, ela havia terminado com David, deixado a empresa e comprado uma confeitaria. Kat não conseguia ser o que eles queriam. E eles não conseguiam aceitá-la como era. O abismo em sua relação continuava se alargando.

Ela suspirou, terminou o que estava fazendo no banheiro e saiu.

Depois, congelou. — David, o que você está fazendo no meu quarto?

Ele estava sentado na beirada da cama, com as mãos cruzadas sobre as calças escuras.

— Quero te ajudar. Olha, Katie, eu sei que não temos mais nada. Já se passaram mais de cinco anos, eu entendo. — Baixando os olhos ele acrescentou: — Talvez seja o melhor.

Kat amoleceu ao ver o homem que havia respeitado. Nada na vida tinha sido dado a David de mão beijada. Os pais dele eram donos de um pequeno brechó, mal conseguindo pagar as despesas. Eram boas pessoas, espantadas com a inteligência acima da média do filho. David havia ganhado bolsas de estudo, feito empréstimos e lutado para chegar ao PhD em neurociência. O que Kat havia amado nele fora a paixão ardente pelo trabalho que fazia.

Ela se apoiou no batente da porta. — Fico feliz que você tenha consciência disso.

Ele se levantou. — Me conte do que você se lembra e vou tentar ajudar. Dar contexto. Talvez depois disso você perceba que não estou mentindo.

Dúvida tomou conta dela. Tinham percorrido esse caminho antes, então por que hoje seria diferente? Um zumbido fraco começou, mas Kat respirou devagar para manter o controle. Tinham feito aquele avanço com a declaração de que ele sabia que sua relação tinha chegado ao fim. Ela estava disposta a tentar.

— Alguém sabia o seu nome. Te chamou de Dr. Burke.

Ele se encolheu um pouco, e subiu a mão num gesto brusco para esfregar o pescoço e negou com a cabeça.

— Ah, Katie, você está misturando as coisas. Isso foram os policiais para quem eu liguei, eles estavam se referindo a mim como Dr. Burke.

Decepção guerreou com sua antiga raiva. Nada havia mudado, ele estava dando as mesmas velhas respostas.

— Você esfrega o pescoço ou puxa a orelha quando está estressado ou mentindo. — Kat tentou dar a ele a chance de dizer o que realmente tinha acontecido naquela noite, mas era inútil, por isso se dirigiu à porta.

Ele a agarrou pelo braço.

— Não estou mentindo, estou tentando te ajudar. Do que mais você se lembra? — Seu olho esquerdo se contraiu. — Você tem que me dizer, droga.

Ele estava muito perto. O perfume intenso da colônia a sufocava, as mãos a aprisionavam. O ruído em sua cabeça se amplificou, salpicado de palavras:

Consequências.

Deus, pare!

— Me solta. — A voz saiu fina demais. Kat lutou para se libertar. Cada segundo fazia aumentar a onda de pânico à espreita, pronta para consumi-la.

Ele apertou os dedos nos braços dela. — Você não entende com o que está mexendo com o seu...

— Solte ela. Agora.

Sloane veio até eles, respirando ameaça pura. Seus olhos soltavam faíscas.

O polegar de David cravou no braço de Kat. — Isso é entre a Katie e eu.

Sloane pegou a mão que agarrava o braço e fez algo que Kat não conseguiu ver.

David gritou, soltou e cambaleou para trás, apertando a mão.

Kat ficou no mesmo lugar, imóvel, tentando fazer o ar

entrar nos pulmões paralisados.

Sloane segurou seu queixo, inclinando-o para cima.

— Olhe para mim. Você está bem. Apenas respire. Não vou deixar que ele chegue perto de você. — E esfregou seu braço com movimentos suaves e leves.

Ela olhou-o nos olhos, precisando de um ponto que a ancorasse. O calor do corpo dele foi absorvido por sua pele gelada. O pânico desapareceu e sua cabeça ficou menos confusa.

— O que está acontecendo? — William perguntou da porta.

David endireitou-se e sacudiu o punho. — Ele tentou quebrar a minha mão. Katie e eu estávamos conversando quando ele entrou de repente e partiu para cima de mim.

— Basta. Sloane, você vai sair agora, ou eu vou mandar segurança te acompanhar daqui para fora. — O pai estendeu a mão para Kat. — Kathryn, venha comigo.

Kat deu um passo para trás, olhando para o pai. — Você nem sequer me perguntou o que aconteceu. — Acreditava na versão de David, sem dúvida.

— Não preciso. Vi o Michaels agarrar você na biblioteca.

Sloane não parecia reagir a seu pai ou a David. Ele mantinha o foco nela. — O que você quer, Kat? Se não confiar em mim para te levar para casa, vou ligar para o Diego ou alguém que você queira, para vir te pegar. Mas vou esperar até que esteja em segurança no carro com eles. Não vou deixar você aqui com o otário do David.

— Kathryn, você não pode ir com ele — o pai pressionou. — Sloane nem sequer te disse que me conhecia.

Ela só queria ir para casa. Tinha sido um erro trazer Sloane ali. Ele a deixaria em casa e o assunto estaria encerrado, mas sabia que ele iria levá-la em segurança. Nisso ela acreditava.

— Me leve para casa.

Capítulo 11

Sloane colocou Kat na limusine, instruiu Ethan a levá-los para a casa dela e acionou tela de privacidade.

— Bebida?

— Água.

Ele abriu uma garrafa de água Pellegrino gelada, serviu um pouco em um copo e entregou a ela. Tomou um gole do restante e se acomodou no assento.

— David estava junto quando você foi atacada.

Ela deu de ombros.

— Isso é o que me dizem.

Sloane contou mentalmente até cinco. Ela estava se fechando, erguendo o muro de novo.

— Lembra de alguma coisa?

— Nada mais do que *flashes* e uma palavra aleatória ou duas. Sei que eu tinha arrastado o David para procurar bolos de casamento. — Ela bebeu um pouco de água. — Lembro de estar animada... e depois nada mais além daqueles *flashes* até acordar na emergência do hospital.

Ele a estudou por um segundo ao repassar o que havia sido dito sobre o ataque.

— O que você acha que aconteceu, Kat?

Ela manteve o rosto virado para o outro lado.

— David teve um pulso deslocado. Eu fui espancada com um bastão de beisebol por dois bandidos. O que você acha que aconteceu, Sloane?

Um taco de beisebol? Jesus Cristo. Suas entranhas se retorceram.

— Ele fugiu. Então por que diabos continua frequentando o círculo dos seus pais, é o padrinho de casamento do seu irmão?

Kat o encarou. — Meus pais não acham que ele fez nada de errado. Fomos assaltados. David diz que eu me recusei a entregar o anel de noivado aos assaltantes e então eles começaram a me bater com um bastão. O David correu até o carro para pegar o celular, e se trancou lá dentro para chamar a polícia.

— Eles não acham que ter deixado você, a filha deles, pelo amor de Deus, foi errado? — A pergunta saiu carregada de sarcasmo. Não importava. Ninguém poderia acreditar que abandonar Kat seria a coisa certa a fazer.

— Não, foi inteligente. É assim que pessoas evoluídas e educadas reagem. Resolvem problemas com o intelecto, não com a violência. Além disso, eu fui a tola que não quis desistir de um anel a que, por incrível que pareça, eu não me lembro de dar tanta importância assim.

— Ele mentiu. — Sloane tomou um gole de água para resfriar a ira. O tom direto de Kat estava despertando violência dentro dele, mas a explicação estava lhe dando algum conhecimento sobre o porquê de ela ter tanto medo e, ao mesmo tempo, ser uma guerreira. Os instintos naturais de Kat a incentivavam a lutar, mas ela havia sido criada para reprimir essa característica. — Você sabe que foi covardia ele ter te deixado, Kat, e ter se escondido em um carro. E, depois, tentou jogar a culpa em você por ter resistido, o que eu duvido seriamente que seja verdade. — Se alguma coisa tinha acontecido, foi ela ter ficado imobilizada de pânico.

Kat deu de ombros.

— Eu poderia viver com isso. Também não posso atirar a primeira pedra, já que fiquei sem ação quando o Kellen foi esfaqueado.

Sloane franziu o cenho para ela. — Quando eu fui lá fora naquela noite, te vi rastejando pelo asfalto, cortando as mãos para chegar ao seu amigo. Não fugindo. Não é o mesmo que David correndo e te deixando para trás.

— Kellen foi esfaqueado mesmo assim. — As mãos em seu colo se tornaram punhos cerrados. — De qualquer forma, todo mundo tem defeitos, Sloane. Nunca pensei que David fosse ser corajoso diante de violência, mas achei que ele fosse forte de outras maneiras. Pensei que tínhamos algo real e honesto.

— E? — ele pressionou para que ela continuasse.

Ela ergueu os ombros.

— Ele está mentindo. Eu comecei a ter esses *flashes*, e não são a mesma história que ele está contando. Outra pessoa estava lá naquela noite. Alguém que o chamou de Dr. Burke.

Isso foi um golpe direto na boca do estômago. — Você contou para a sua família?

Ela suspirou, abrindo e fechando o punho.

— Eles não acreditam em mim. Não podem. David é a chave para a droga que eles estão trazendo para o mercado. — Ela fez uma pausa. — Ele salvou o trabalho da minha mãe sobre a doença de Alzheimer. Ela não conseguia dar o próximo passo, mas David conseguiu. É fácil que acreditem nele. Enquanto eu sou a filha medíocre, a que nunca se sobressaiu. — Quando ergueu a cabeça, uma vulnerabilidade gritante brilhava em seus olhos. — Não quero descobrir quem eles escolheriam, ele ou eu.

Medíocre? Começava a fazer um tipo doentio de sentido. Seus pais, seu irmão e David tinham doutorado, currículos impressionantes.

— Você se formou na faculdade, certo?

— Só um bacharelado em química.

Só? Como se um diploma de química já não fosse impressionante? Mas não impressionante o suficiente para sua família. Ele ia ignorar o comentário sobre quem eles escolheriam. Ah, não, Sloane já tinha passado por isso.

Sua mãe havia escolhido o Maldito Príncipe Encantado todas as vezes.

Por isso ele entendia. Era péssimo de todas as formas possíveis e imagináveis, mas ele já tinha visto um monte de famílias desestruturadas tratando-se um aos outros como lixo, tanto a sua mãe, como várias das famílias adotivas com as quais ele já havia cruzado caminho. Não ia ser capaz de resolver essa situação.

Não precisava, Sloane lembrou a si mesmo. Ele e Kat eram apenas acompanhante um do outro. Aí estava a beleza do acordo, sexo e conveniência, mas nada de tempestades emocionais de merda. O acordo continuava de pé? Ou colocariam um fim para evitar mais prejuízos? Ele reclinou a cabeça no assento, fechou os olhos e se forçou a relaxar.

— E agora?

— O seu motorista me deixa em casa. Te agradeço por tudo, e vamos retomar as nossas vidas. Eu volto a confeitar, e você vai SLAM alguma coisa.

Ela falou com zero de inflexão na voz, mas ele não pôde evitar um pequeno sorriso. — Nome violento para uma empresa. É inspirado no meu, Sloane Adam Michaels.

Ela o encarou com uma contração nos lábios. — Você é um homem violento, Sloane Adam Michaels.

Hipnotizante. Ela já estava atrás do muro, lançando comentários, tentando afastá-lo. Os postes de luz passavam por eles, projetando camadas alternadas de luz e sombras.

— Deus, você é linda. — Mas não era isso, não era essa a razão pela qual Sloane não conseguia terminar tudo entre eles naquele momento. Era a mulher forte lutando para ser livre, que o intrigava enormemente.

— Não.

Agora Kat estava duvidando dele?

— Você acredita neles? Que eu estou te usando para chegar à sua família? — Ela tinha negado, mas a família havia plantado a semente desse pensamento em sua mente. Estaria começando a fincar raízes?

Ela olhou para o teto do carro. — O roubo de carro. Como foi que você veio parar do lado de fora, bem quando estávamos sendo atacados?

Sufocar a onda de raiva precisou de esforço. Sloane raramente se explicava, mas admitia que era uma pergunta justa. Depois do que Kat havia lhe contado sobre a família e sobre David, ele poderia entender sua cautela.

— Eu estava procurando você.

Ela ergueu as sobrancelhas. — Por quê?

— Quando te vi no salão, ao lado daquele bolo, eu te disse que parecia te reconhecer. Fiquei com aquilo na cabeça. Tinha certeza de que já tinha te visto antes, por isso decidi te achar. Perguntar o seu nome.

— Poderia ter perguntado à noiva.

— Eu queria perguntar a você. Quando me disse o seu nome, eu tive certeza de que tinha te visto antes. Na sua festa de debutante.

Cautela transbordava em seus olhos. — Você estava lá?

— Eu era o lavador de pratos. Tinha dezoito anos, mal conseguindo sobreviver e fazendo qualquer coisa para custear meu treinamento de luta. Lembro de você no centro daquela festa ridícula do país das maravilhas de inverno. Na época você era intocável para mim. — Ele parou aí. Ela não precisava saber de mais nada.

Não precisava contar sobre Sara e como ele havia odiado a jovem Kat por estar tão viva e ser tão amada, quando Sara estava morta.

— Então você sabia quem era a minha família?

Furioso, ele retrucou: — Tenho um patrimônio de bilhões, Kat. Não transo com mulheres para me aprofundar no mundo dos negócios ou para conseguir alguma vingança sinistra. — Era absolutamente ridículo. Sloane tinha vencido na desavença com o pai dela. Buscar vingança por mesquinharia não era seu estilo.

Não, ele guardava a vingança para aqueles que tinham abusado e assassinado uma menina inocente.

Não esta noite. Não pense nisso. Nada daquilo tinha a ver com Kat ou com eles dois.

A limusine chegou ao condomínio dela e deslizou até parar na frente de seu apartamento.

— Cheguei. Boa noite, Sloane. — E estendeu o copo quase intocado de água.

Kat o estava dispensando. Como se ele fosse aquele garoto de novo, não mais do que um lavador de pratos. Sloane pegou o copo e o colocou num suporte com uma pancada. Não iria deixar terminar assim.

Ethan abriu a porta do lado dela.

— Feche a porra da porta — Sloane explodiu.

— Não. — Kat estendeu a mão, forçando Ethan a segurar a porta antes que a atingisse. Ela saiu.

— Foda-se. — Ele abriu a porta do seu lado, deu a volta na limusine e pegou as mãos dela, impedindo-a de prosseguir e escapar para dentro do condomínio.

Pela primeira vez desde que saíram a casa dos pais dela, algo faiscou no rosto de Kat. Um lampejo. O que era exatamente aquilo?

E por que ele estava ali, indo atrás de uma mulher que não o queria? Que se desligava emocionalmente quando as coisas engrossavam?

Ele não fazia ideia, só que Kat o desafiava, mandando pelos ares seu treino e seu autocontrole, revelando um homem muito cru e primitivo. E esse homem não iria embora.

Sloane lançou um olhar para Ethan. — Espera um pouco. — Envolvendo o braço nos ombros de Kat, Sloane pegou as chaves da mão dela, sem resistência, e abriu a porta da frente.

Ela entrou, e ele ficou ali, sabendo que se cruzasse a soleira...

— Você fez o que tinha que fazer, Sloane. Estou segura em casa.

Ela fixou os olhos sobre o ombro dele, ignorando-o. O último fio do bom senso arrebentou, e Sloane entrou, obrigando-a a recuar.

Bateu a porta. E partiu para cima dela.

Kat recuou. Chegou à parede oposta. Tentou focar um ponto à distância.

Sloane bateu as mãos na parede em ambos os lados de sua cabeça.

Seus olhos atingiram o dele. Arregalados e focados. Bem ali.

Cor começou a subir por seu rosto. Ele pegou a tira pendurada na frente de sua blusa e a enrolou na mão.

— Eu te disse antes, se quer mandar eu me danar, diga na minha cara, mas não se esconda atrás de um muro. — Cristo, ele estava perdendo a cabeça.

Ela respirou fundo. — Certo, porque você é Sloane Michaels. Ninguém te diz não.

Baixando o rosto, ele puxou a tira apenas o suficiente.

— Diga não. Ou dê os toques. Anda.

Kat o fulminou com o olhar.

— Você é um maldito valentão.

— Continue me provocando. — Seu pênis foi ficando rígido, o sangue correndo quente. Mas agora havia fogo no olhar dela.

— E? O que você vai fazer?

Ele roçou o polegar sobre sua garganta, percebendo a vibração de sua pulsação. A boca dela se abriu, o peito subindo e descendo rápido sob a mão dele. Sloane examinou seu rosto.

— Você precisa disso, não é? Precisa que te assustem, que te pressionem, que te desafiem. Você precisa ser capaz de se defender e revidar.

Ela pegou a mão dele, tentando tirá-la da garganta e tentando puxar a outra da tira de sua blusa.

— Preciso, está bem? Quero me sentir completa. Eu quero apenas sentir.

Ele soltou a blusa, pegou Kat pelas duas mãos e as pressionou na parede sobre a cabeça dela.

— O que você está sentindo agora, gatinha? Está presa. Indefesa.

— Besteira. Eu consigo te fazer parar.

— Como? — Cristo, não era doentio continuar levando adiante aquela merda toda? — Vamos, Kat. Como? — Olhava-a bem no rosto, pressionando-a.

Kat usou o polegar para tocar três vezes em sua mão.

Sloane a soltou. Um passo para trás.

Ela ergueu o queixo, sorrindo triunfante.

A respiração dele prendeu na garganta e ficou estrangulada ali em seu peito. Ela era linda demais. Mechas cor-de-rosa ousadas no cabelo, e olhos ardendo com a vitória. O calor de sua glória parecia perto demais e com certeza ele queria tocá-lo. Mais do que tocá-lo.

Tomou de novo o espaço que havia acabado de dar a ela.

— Esse é o primeiro *round*. — Descendo um dedo pela lateral de sua garganta, ele a sentiu estremecer. Os mamilos enrijeceram debaixo da blusa e do sutiã. Ele ergueu os olhos. — Quer ir para o segundo *round*, gatinha? — Sloane acariciou a pele sensível em sua nuca. — Quer que eu tire a sua roupa e faça você sentir? Faça você gozar? Um vale-tudo? Pense bem, Kat. Sim significa *me fode agora até eu gritar seu nome.*

Capítulo 12

A voz de Sloane transbordava promessas indecentes.

Alegria a percorreu da raiz dos cabelos até a sola dos seus pés. Os mamilos roçavam o tecido do sutiã e a calcinha estava passando de úmida a constrangedora.

Nenhum homem a tinha feito sentir tão plena. No controle, forte e loucamente desesperada. Como se ele pudesse partir para cima dela com tudo, com todo o seu 1,97 m de altura e os mais de 90 quilos de masculinidade bruta e selvagem, e ela pudesse detê-lo com apenas um dedo.

Mas por que deteria, quando tudo o que ele queria era lhe dar prazer? Abraçando o momento, Kat disparou: — Eu quero.

Um arrepio percorreu Sloane. Pegando o celular do bolso, ele tocou na tela. — Mandando mensagem para o Ethan.

Claro. Havia esquecido que o motorista esperava.

Sloane voltou a atenção para ela e esperou, os olhos castanhos ficando mais profundos.

— O quê?

— Você. Tão corajosa, gatinha. Você nasceu uma

lutadora, uma mulher desejável, e passou a vida tentando se forçar a ser passiva. Mas agora você está deixando essa mulher sair. — Encostou a testa na dela. — Confie nessa mulher, Kat. Se você quiser parar, a gente para.

O coração de Kat batia descontrolado, e, por um segundo, lágrimas fizeram seus olhos arderem. Ia além do desejo, aquilo era confiança. Uma ligação se formando, uma que a assustava em lugares que até mesmo os ataques de pânico não tocavam. Sloane a enxergava, acreditava nela.

Durante toda a vida, Kat não fora considerada boa o bastante. Nem inteligente o bastante, nem valiosa. E desde os ferimentos... limitada. Despedaçada. Não sabia como as peças tinham se encaixado outra vez; porém, os olhos profundos e castanhos de Sloane lhe mostravam uma visão diferente.

Como se estivesse se curando e se transformando na mulher que estava destinada a ser.

Inclinando a cabeça para cima, ela o beijou.

Ele dobrou os joelhos, passou um braço em volta de sua cintura e a levantou. Segurou a parte de trás de sua cabeça na palma da mão e tomou posse de sua boca, enchendo-a com o seu sabor sensual.

Kat enganchou as pernas ao redor da cintura dele. Isso a deixava aberta, exposta ao volume rígido e grosso do pênis despontando sob as roupas dele, indo em direção ao seu núcleo.

Acoplado ao quadril dela, ele a apertou mais e grunhiu em aprovação.

As vibrações e a pressão foram crescendo no fundo do seu ventre. Kat queria, queria a sensação de um homem movendo-se dentro dela. Queria sentir a pele contra a dela.

Ela puxou os botões da camisa dele.

Sloane interrompeu o beijo. Segurando-a, ele começou a andar.

— Quarto.

— Esquerda. Final do corredor. — Ela se contorceu, arrancando a camisa dele de dentro das calças.

As pernas longas de Sloane suprimiram a distância até o quarto. O luar entrava pela janela, banhando a cama *king size* com o edredom azul e as pilhas de travesseiros.

Ele chutou a porta, caminhou até a cama e a colocou de pé. Num movimento suave, livrou-a da blusa.

O ar atingiu a pele nua, e as dúvidas se aproximaram furtivamente. Sloane tivera várias mulheres. Para ela fazia cinco anos.

Ele pousou a mão quente em sua bochecha.

— Quer ir mais devagar?

O brilho da lua enfatizava a beleza selvagem que ele tinha, porém, seu toque oferecia apoio cauteloso. Com nova certeza, ela negou com a cabeça e tirou a camisa dos ombros dele, revelando a tatuagem do bíceps direito. Redemoinhos de chamas em torno da letra S criavam uma imagem poderosa. Até onde ela sabia, era sua única tatuagem.

— Me fale sobre a tatuagem.

Ele lançou um olhar para o desenho e angústia inesperada perpassou seus olhos castanhos.

— Depois.

Aquele instante de vulnerabilidade a encheu de

ternura por ele; mais do que qualquer outra coisa, a encheu da necessidade de acabar com aquela faísca de dor. Ela passou os dedos ao longo dos músculos rígidos de seu peito, encontrando pequenas cicatrizes aqui e ali. Aprendendo as curvas e depressões de seu corpo para encontrar os pontos que faziam sua respiração acelerar e a pulsação disparar. Ela se inclinou para frente e lambeu um mamilo.

Sloane arqueou-se e gemeu sob aquele ataque.

Ela mudou para o outro, sentindo o poder que tinha sobre ele. Desta vez, roçou-o com os dentes, uma mordidinha.

Ele se curvou para recebê-la.

— Brincando com o fogo. — Sua respiração levantou os fios do cabelo de Kat. Suas mãos acariciaram as costas dela para abrir o sutiã e puxá-lo pelos braços. — Eu mordo também.

Calor tomou os mamilos dela, deixando-os duros.

Um sorriso malicioso curvou a boca dele.

— Você gosta da ideia de eu morder também. — Sloane passou os dedos sobre os bicos sensíveis, disparando choques direto para sua feminilidade. — Mas eu ainda não disse onde eu vou morder, gatinha. — Suas mãos fizeram um rastro de fogo descer até as calças dela.

Uma corrente de ansiedade ameaçou tomar o controle. Ele se abaixaria para tirar suas calças e ver as cicatrizes. Feridas feias conseguiam arruinar os humores. Para evitar isso, Kat o segurou pelos pulsos.

Sloane a soltou, preocupação nadando em seu olhar.

Querendo que ele continuasse no clima, envolvido, ela baixou a voz: — Deixa comigo. — Ela pegou o botão, abriu, puxou o zíper e deslizou a calça por seus quadris.

— Ah, sim. Continue.

O grunhido gutural de aprovação a encorajou. Ela tirou os sapatos baixos e saiu de dentro da calça.

Ficando vestida apenas num pedaço de renda preta. Um triângulo que mal cobria a frente e afundava entre as nádegas, atrás.

O olhar acalorado de Sloane viajou para baixo e parou naquele pedaço de tecido. Quando ela mergulhou os polegares por baixo das tiras finas presas nos quadris, ele agarrou-lhe os pulsos.

— Isso é um fio-dental? Você não usa saia, mas está de fio-dental?

— Pode ser que sim. — Alguma vez já havia se sentido desejada daquele jeito? Tão corajosa?

Franca apreciação brilhou nos olhos dele. — Para mim, Kat? Está usando para mim?

— Na hora pareceu uma boa ideia.

Sloane desceu o olhar. Suas narinas se dilataram e ele prendeu a respiração.

— Porra, a melhor ideia de todos os tempos. — Fundindo a boca na dela, ele a beijou com investidas quentes e profundas de sua língua.

Kat se entregou ao beijo, uma capa de intimidade que mantinha tudo do lado de fora, exceto eles dois.

Sloane a beijou ao longo da mandíbula, pela garganta, e lambeu o osso do ombro. Provocou o monte macio de um seio. A umidade implacável da língua dele colocava fogo em suas terminações nervosas. Mais, ela queria mais. Deixando as mãos livres, ela entrelaçou os dedos nas mechas onduladas e sedosas de seu cabelo.

Com um gemido másculo, ele fechou os lábios ao redor do mamilo.

Pontadas de calor dispararam para seu núcleo de prazer. Kat arqueou o corpo, puxando-o mais para perto. Sensações explodiam enquanto ele sugava. A necessidade ficou mais intensa, cada puxão no mamilo descia direto para atormentar o clitóris. Um desejo ardente floresceu no feixe de nervos.

Sloane caiu de joelhos e sentou-se nos calcanhares. Com o tronco à mostra, ela viu o abdome dele se contrair com a tensão. Ele ergueu os olhos, um rubor se espalhando por todo o rosto.

— Me mostre o seu fio-dental, gatinha. — A voz, mais grave, tinha uma rouquidão selvagem. — Vire-se.

Ninguém nunca a tinha feito sentir aquilo... saboreada de maneira tão sensual. Adorada e desejada. Emoção inebriante pulsou em suas veias, tornando mais fácil seguir as instruções e ficar de frente para a cama.

Ele deu um grunhido suave e deslizou os dedos sobre ela. Segurou as nádegas, afagando e acariciando.

— A sua bunda me torturou a noite toda naquela calça.

Ele traçou a linha do fio-dental mergulhando entre as coxas.

Seus dedos roçaram o material fino, pequenos toques provocando o caminho que levava ao clitóris. Necessidade quente se acumulou no ventre dela. Ele a soltou.

Antes que Kat pudesse gemer em protesto, ele passou

os polegares sob as tiras finas em seus quadris.

— Vou tirar isso de você e te mostrar como absolutamente sexy você é.

Assim que sentiu o leve puxão, a expectativa deixou suas coxas tensas. A descida lenta, percorrendo um centímetro a cada batida do coração, era enlouquecedora. Inebriante.

As partes macias sussurravam baixinho, enquanto os dedos de Sloane aqueciam um rastro de prazer mais intenso. A calcinha estava cheia da sua umidade, descendo num movimento de tortura deliberada e doce. Quando Sloane fez a peça chegar aos tornozelos, Kat saiu de dentro.

Ele se levantou, passou os braços em volta dela e a puxou de volta para o seu peito. Seu calor a envolveu, tranquilizou-a. Ele roçou os lábios sobre sua orelha, mordiscando o lóbulo, raspando suavemente os dentes por cima do ombro. Antes que ela pudesse processar completamente as ações, ele estava brincando com seus mamilos, girando um, estimulando o outro.

Ela acendeu, arqueando o corpo, sentindo o sangue bombear sob a investida terna de Sloane. O clitóris estava túrgido, implorando por seu toque.

— Sloane.

— Bem aqui. — Ele desceu a mão por seu ventre e pressionou os dedos entre suas coxas, acariciando o sexo. — Quente e úmida. Tão receptiva. — O toque másculo de seu dedo esfregou o clitóris.

Kat se inclinou para ele, agarrando seu braço. — Você está me fazendo arder de desejo.

— Somos dois. — Apertando o braço em volta dela, ele deslizou um dedo no seu interior, mergulhando fundo. — Que bocetinha apertada — gemeu no seu ouvido, enfiando e tirando o dedo num ritmo eletrizante. — É perfeita demais.

Prazer espiralava por ela conforme se movia sobre a mão de Sloane. Kat estava perdendo o controle, entregue às sensações. O braço dele em volta de sua cintura, o peito queimando suas costas. O pico da grossa ereção pressionando seus quadris. Os dedos faziam movimentos de entrar e sair, mais fortes. Mais fundos.

— Oh, Deus. — Ela jogou a cabeça para trás. Arrepios quentes percorreram sua pele.

— Olhe para mim.

Ela virou a cabeça ao seu comando. O olhar de Sloane travou no dela.

— Deixe vir, Kat. Goze, linda. — Ele pressionou seu clitóris com o polegar.

O orgasmo explodiu no botão de prazer, com ondas de choque percorrendo todos os nervos. Ela cravou a mão no braço dele, que a envolviam com firmeza, e continuou dançando sobre seus dedos. Ouviu um zumbindo nos ouvidos e a respiração difícil de Sloane.

— Não é suficiente — ele grunhiu. Virando-a, apoiou-a na cama e caiu de joelhos, deslizando os ombros sob as coxas dela.

Quando Sloane a segurou aberta, exposta, e a olhou, por alguns segundos tudo desacelerou, até mesmo seus batimentos cardíacos. Rubor manchava o rosto dele enquanto a abria mais com os polegares.

— Para mim. Assim como o seu fio-dental. Sua boceta molhada e pulsante é minha. — Fome reluzia em seus olhos.

— É sim. — Naquele momento, ela lhe daria qualquer coisa.

Ele se inclinou e lambeu, mergulhando a língua através de todas as dobras. Bebendo-a. Com um gemido profundo, ele provocou o clitóris. Ela estava tão sensível que levou apenas um minuto ou dois antes que estivesse se debatendo e se contorcendo, tentando se satisfazer.

Ele enfiou dois dedos dentro dela.

— Sloane! — Chamas sensuais queimavam suas paredes internas. Calor inundou seu corpo inteiro. Tão perto, a necessidade feroz ardia. Ele fechou os lábios sobre o feixe pulsante de nervos e chupou. Quando Kat pensou que ficaria louca, ele mordeu de leve e a lançou num orgasmo selvagem.

Antes que as ondas de choque desvanecessem, ele a deixou e tirou suas roupas restantes. Logo Sloane estava de volta, entre suas coxas abertas, desenrolando um preservativo sobre a cabeça grossa do longo pênis.

Ele a segurou pelos quadris e a abriu bem. Pressionando a pontinha dentro dela, ele parou. Uma fome crua esculpia seu rosto com desejo brutal. Os tendões no pescoço estavam saltados, marcando o esforço de sua contenção. Seus olhos faiscaram com a necessidade de possuí-la. Com força.

Ainda assim, ele parou e a estava observando.

Confiança encheu a garganta de Kat. O que ele estava lhe dando ali naquele momento, verificando se ela estava certa de que conseguiria dar conta do desejo raivoso, a deixava impressionada. Levantando os quadris para atraí-lo ainda mais, ela disse:

— Não se contenha. Quero você inteiro. — Estava falando sério, cada palavra.

Dedos cravados em seus quadris, ele a penetrou.

Lento demais. Envolvendo o corpo dele com as pernas, ela o encorajou a ir mais fundo.

— Kat — ele alertou. — Você é apertada.

Ela cerrou os punhos com frustração. Ele tinha lhe dito para se entregar. Que estava com ela. Havia dado exatamente o que ela desejava mesmo que não soubesse. Agora Kat precisava daquela mesma entrega indomada. Arqueando as costas, ela exigiu:

— Me come.

Ele parou por um segundo. Um rápido instante em que as próprias feições de seu rosto se transformaram de paciência agoniada a desejo selvagem. Ele colocou e tirou. Duro. Até o fundo. Uma cor quente espalhou-se por suas faces e seus dedos cravaram na bunda dela enquanto o pênis a penetrava.

Ele mudou de posição, levantando mais os quadris dela.

— Pegue, Kat.

O saco pesado batia em suas nádegas.

— Mais uma vez. Mais. — Ela aceitaria tudo, qualquer coisa que ele quisesse lhe dar.

— Macia. Quente. Porra! — Ele crescia dentro dela, seus músculos aumentando e distendendo. Sem restrições.

Uma excitação insana a queimou e transbordou em forma de palavras:

— Quero sentir você gozando. — Para vê-lo perder aquele controle formidável por ela. Não, com ela. O prazer disparou para o céu. — Por favor.

Ele se inclinou sobre ela até que estivessem respirando o mesmo ar.

— Você faz isso comigo. — Seus ombros flexionaram. O pau inchou mais. Mais duro. Mais quente ao mergulhar dentro dela. Marcando-a.

— Kat. Porra! — ele ofegou, gozando forte dentro dela.

Ela explodiu com ele.

Sloane não conseguia recuperar um maldito fôlego dentro dos pulmões. Ainda estava com as nádegas de Kat presas nas mãos, o pênis enterrado até as bolas dentro dela.

A sanidade foi voltando aos poucos. A razão começou a retornar, dizendo-lhe que ele tinha perdido totalmente o controle com ela.

E ela gostou. Muito, a julgar pelo orgasmo que o apertou forte. Estava tão linda deitada ali, a pele brilhando, os olhos pesados com a satisfação. Kat tinha se esforçado tanto para afastá-lo no início. Mas quando se abriu, se tornou natural e sincera sob seu toque.

Outro tremor de prazer o fez estremecer com a lembrança.

Ele soltou os quadris dela sobre a cama, saindo de dentro. Olhando ao redor pela luz da lua, ele avistou uma porta à esquerda.

— Ali é o banheiro?

— É.

Rapidamente ele entrou lá, se livrou do preservativo e voltou.

Enquanto Sloane esteve fora, Kat se sentou na beira da cama, com os pés no chão.

Ele a observava pelos raios de luz vindos do banheiro. Ela agarrou a borda do edredom e o puxou sobre a perna ruim. Sim, sabe aquela merda de esconder? Ia acabar naquele instante. Ele foi até Kat e sentou à sua esquerda.

— Vamos acabar com isso.

Ela disparou um sorriso.

— Pensei que a gente tinha acabado de fazer.

— Engraçadinha. A gente só começou. Ainda estou longe de terminar de te explorar. — Ele direcionou a atenção para os seios. Não passara com eles nem perto do tempo que gostaria. Sentindo o sangue começar a preencher o pênis, ele desligou esse pensamento. — Você está aí sentada, pelada, escondendo a perna. — Sentando-se mais para trás, ele deu batidinhas nas coxas. Vire-se e coloque as pernas aqui.

Ela ficou dura.

Ele pegou seu queixo.

— São apenas cicatrizes, Kat. Me mostre e acabe logo com isso.

— Você realmente é um valentão.

Sloane se inclinou, beijando-a.

— Mas você não é uma confeiteira frágil como sua família acredita. Hora da verdade.

Ele a observou decidir, observou escolher. Sabia que era

um risco, mas era assim que ele vivia. Confrontava e lidava com as coisas, sem deixar que ficassem como estavam e tomassem grandes proporções. Ele atacava e conquistava.

Finalmente, Kat afastou o edredom.

Um aperto no peito dele se aliviou. Por alguma razão, isso era difícil para Kat. Era por isso que ele queria o assunto resolvido naquele instante. Esperou que ela girasse sobre o traseiro, virando-se na sua direção, e depois erguesse a perna esquerda. Mantendo o joelho dobrado, ela pousou o pé no alto de sua coxa.

Deixando a vagina exposta.

O olhar dele disparou para lá, o ponto onde suas coxas se abriam e os pelos aparados e sedosos se separavam e deixavam as dobras rosadas e escorregadias expostas. O pau inchou, a boca encheu de água.

Ele passou a mão sobre a perna dela, sentindo todos os músculos fortes e a pele lisa. Em seguida, estendeu a mão, rodeando o pequeno clitóris inchado.

Ela sugou o ar.

Tirando a mão novamente, Sloane ergueu os olhos. — Excelente tática de distração.

— Posso pensar em outras. — Ela esfregou a perna sobre o pênis que latejava.

Ele gemeu.

— Continue assim e vamos descobrir se você gosta de apanhar durante a transa.

As sobrancelhas dela se ergueram, enrugando a testa. — Você não faria isso.

Ah, se aqueles mamilos não enrijeceriam, e se o pulso em seu pescoço não dispararia. Kathryn Thayne tinha uma veia de *bad girl*. Mas ela estava certa, ele não bateria até que tivesse sua total confiança e somente se ela gostasse. A ideia de realizar as fantasias secretas de Kat dava um tesão do inferno.

— Da forma como eu encaro isso, podemos negociar. Você pode colocar a outra perna no meu colo, e eu vou concordar em esperar um pouco antes de te colocar sobre as minhas coxas e te fazer gozar com a minha mão na sua bunda até você pedir para...

— *Pedir?* — Ela praticamente cuspiu as palavras.

Ele deu de ombros.

— Pedir ou implorar, a decisão é sua. — Ele adorava sua indignação. — Ou você pode me testar, recusando-se a me mostrar as suas cicatrizes.

— Você está blefando.

Ele não respondeu. Não entregou o jogo. Apenas a esperou enquanto um novo desejo a tomava de assalto, um que ela não sabia que tinha. Aquilo era quente de um jeito tão absurdo, que ele quase cedeu e deixou-a se safar sem mostrar a perna.

Kat se mexeu, colocando as mãos na cama para se preparar, e ergueu a perna direita.

Contraiu o rosto. Ele precisou conter o impulso de ajudá-la.

Kat apoiou a perna, ligeiramente dobrada, sobre ele.

Sloane moveu a mão até o pé dela, formando um leve arco e, em seguida, correu a palma de leve sobre o tornozelo, até a metade da panturrilha.

Ali, ele viu as cicatrizes. Percorriam quinze centímetros do lado de dentro e de fora da perna, do meio da panturrilha até o joelho. As duas cicatrizes provavelmente significavam duas placas presas ao osso com parafusos. Boas incisões, algumas saindo das próprias cicatrizes, e havia arranhões menores, quase imperceptíveis em seu joelho. Provavelmente de artroscopia, para atravessar o tecido da cicatriz e limpar quaisquer fragmentos ósseos.

Ele olhou para ela. — Qual é o estado da sua articulação do joelho?

Surpresa flamejou nos olhos dela.

— Já sofri lesões, ossos quebrados e passei por fisioterapia. Mas sem placas, nada tão sério. Já vi outros lutadores passando por umas merdas. Quando envolve alguma articulação, não costuma ser boa notícia.

Os olhos dela voltaram um pouco ao normal, os ombros relaxaram.

— Não tão ruim a ponto de precisar substituir o joelho por uma prótese, pelo menos não ainda. A amplitude de movimento é melhor para a flexão, mas não consigo extensão completa. Podem ser as placas, a forma como os ossos cicatrizaram, a articulação, ou uma combinação.

— Sem extensão total para fazer o seu calcanhar tocar o chão, você manca. — Ele passou o polegar sobre a cicatriz do lado de dentro. Tinha clareado e não era tão evidente. De longe, as pessoas só veriam as pernas tonificadas, não as cicatrizes. — Então essa não é a perna que você usaria para chutar. Não dá para ter reflexo rápido ou conseguir força suficiente para fazer estrago. Mas você pode se equilibrar sobre ela para chutar com a outra. — Ele ergueu a mão ao rosto dela, ainda acariciando a perna. Gostava de tocá-la.

Seu pau também gostava.

Ela olhou para onde ele a tocava, depois para a ereção, e então para seu rosto.

— Elas realmente não te incomodam.

— As cicatrizes? Não. — Não tinha problema, desde que não pensasse sobre o Dr. Otário deixando-a à mercê de dois homens com um taco de beisebol. Ele travou o maxilar para desviar da imagem. Kat já estava mexendo com ele, fazendo-o sentir mais do que ele queria. Precisava se concentrar no sexo.

Acariciando as pernas dela, Sloane mudou de assunto.

— Precisamos falar sobre método anticoncepcional. — Deveriam ter discutido isso na academia, no domingo anterior, mas seu pênis se intrometia no caminho do bom senso. — Você usa?

Ela concordou com a cabeça.

Ele ergueu uma sobrancelha. — Andou planejando, confeiteira?

Ela riu.

— De forma alguma. Planejando ciclos menstruais regulares e mais leves. Alguma outra pergunta?

Ele deslizou um braço sob suas pernas, e depois o outro sob sua lombar, levantando o traseiro dela sobre o colo. Envolvendo os cabelos sedosos na mão, ele olhou em seus olhos.

— Quer ver o meu atestado de saúde?

— Quero.

Bom para ela.

— Inteligente. Vou usar camisinha até trazer o relatório para você. Agora vista uma roupa. Algo confortável.

— Agora? Por quê? Vou te levar para casa?

Ele se levantou com ela no colo e, infelizmente, a colocou no chão.

— Não vai se livrar de mim tão fácil. — Ele se inclinou para baixo, emoldurando o rosto dela nas mãos. — Mas você entrou em pânico esta noite, quando o David te tocou. — Será que o toque de David sempre dava início aos ataques? A resposta para isso não era tão importante quanto ensiná-la a superar o pânico.

— Não penso nele como uma ameaça. — Ela aproximou as sobrancelhas. — De qualquer forma, não exatamente. É mais no sentido de eu não querer que ele me toque.

Sloane não queria Kat duvidando de si mesma.

— Quando um homem não tirar as mãos de cima depois que você pedir para ele te deixar em paz, considere-o uma ameaça. Está me ouvindo, Kat?

— Estou.

Ele jurou que algo como alívio surgiu na expressão dela. Por mais que ele tentasse não dar importância, não conseguia.

— Kat, na noite em que vocês foram atacados, o que acha que aconteceu de verdade?

Ela virou para o outro lado, indo em direção a uma cômoda.

Recuando. Distanciando-se. Porque ninguém acreditava nela. Sloane passou os braços ao seu redor e puxou-a para si.

— Não recue. Fale comigo.

— Não sei. Só tenho uns *flashes* aleatórios.

Essas simples palavras o fizeram ranger os dentes. Ela estava rígida em seus braços, a pele esfriando. Ele apoiou o queixo em sua cabeça, o cabelo sedoso de Kat tocando seu pescoço.

Aos poucos, ela relaxou no toque dele.

— Sloane?

— Estou aqui.

— O que quer que tenha acontecido naquela noite, David está tentando encobrir. Faz isso há anos. — Ela suspirou. — Foi isso que nos destruiu. A mentira... ela estava sempre presente entre nós até eu não aguentar mais. Coisas como o celular. Ele nunca deixava no carro, estava sempre com ele. São um milhão de pequenos detalhes que, somados, contribuíram para uma grande mentira. Não sei o que aconteceu, só que não foi do jeito que ele disse.

Kat se virou nos braços dele, encontrando seu olhar.

— Se você ainda estiver disposto, eu quero treinar. Entrei em pânico quando o David me tocou. — Seus olhos brilharam com determinação dura como uma pedra preciosa. — Tenho que aprender a controlar isso. Superar.

Essa, bem ali, era a qualidade que o atingia no peito e descia direito para seu sexo. A lutadora que existia em Kat. Ela não se importava que estivesse ficando tarde, queria treinar naquele instante. Era o que lhe dava vontade de fazê-la suar de exaustão e depois lambê-la até que ela tivesse um orgasmo incendiário.

— Então vamos. Vista suas roupas de treino.

Capítulo 13

Havia um homem em sua cama.

Kat ligou a cafeteira no silêncio que antecedia a aurora. As ações e o aroma familiares a confortavam. Algo normal a que se agarrar enquanto lutava contra um bombardeio de pensamentos.

Havia se embrenhado em território emocional desconhecido.

Como fazer café para um homem. Ah, ela havia feito isso para Kellen, mas era diferente.

Tinha transado com Sloane. Não apenas sexo, tinha sido... um despertar.

Respirando o aroma dos grãos colombianos que operavam sua mágica, ela temia que, dada a chance, Sloane pudesse facilmente atordoá-la com a concepção que tinha de si mesmo, de quem ela era e de quem ela estava lutando tão duro para ser. Forte e independente, capaz de estabelecer uma vida sexual saudável com um homem; talvez compartilhar algumas refeições e risos, mas não perder de vista os seus próprios objetivos e sonhos. Havia trabalhado para David no laboratório da família, e havia se perdido. Sua maior alegria não tinha sido o anel ou planejar o casamento. Tinha sido pesquisar confeitarias para encontrar o bolo de casamento perfeito. Sua paixão era criar receitas e as tornar obras de arte, mas Kat não tinha ido atrás desse objetivo. Em vez disso, tentou ser o que todo mundo ao seu redor queria. A única válvula de escape para fora procurar um bolo para seu casamento. Triste e patético.

Mas ela e Sloane eram amantes sem compromisso pelo tempo que ambos quisessem. Enquanto mantivesse essa ideia clara em mente, ela poderia lidar com isso.

Uma energia nervosa zumbiu em suas veias. Precisava ir para o trabalho, onde teria algumas horas de calma para processar os sentimentos. Sobre a bancada de trabalho na cozinha da Sugar Dancer, as mãos sovando a massa dos bolinhos de canela, Kat conseguiria a calma que precisava e o propósito a que ansiava para se manter centrada. Pegou dois copos para viagem e os encheu de café. Adoçou o seu, fechou os copos com tampas e os levou para o quarto.

Parando na soleira, ela olhou para Sloane esparramado em sua cama, de bruços, braços abertos, uma perna dobrada. O lençol cobria seus quadris, proporcionando uma visão tentadora de suas costas. Pele bronzeada firme sobre os ombros poderosos, e o vale estreito e sexy de sua coluna, que Kat queria vir percorrendo até a base. Ele tomava a maior parte da cama com sua grande estatura.

Exatamente do jeito que poderia ocupar espaço em sua mente se ela deixasse. E o coração, se fosse tonta.

— Você vai continuar babando, ou vai me trazer o maldito café?

Kat quase pulou. — Não sabia que você estava acordado.

Girando o corpo com uma graça absurda para um homem tão grande, Sloane se levantou e ficou sentado. Em seguida, pegou o celular de cima do criado-mudo. Suas sobrancelhas negras como carvão franziram.

— Jesus, não são nem cinco da manhã. — Ele a observava se mover em sua direção. — E você está vestida.

Vestida e desejando que pudesse subir na cama com ele outra vez.

— Tenho que ir, já estou atrasada. Preciso ir à confeitaria.

— É domingo — ele resmungou ao pegar o copo. — Obrigado.

Uma incerteza esquisita se retorceu no estômago dela.

— Coloquei num copo para viagem.

Um flash de humor enrugou os olhos dele.

— Sutil, linda. — Ele apoiou o copo, afastou as cobertas e se levantou.

Nu. Poderoso. Kat correu o olhar ávido sobre o peito dele, descendo pelo abdome até chegar à ereção enorme. Um desvio rápido do seu olhar revelou as coxas e panturrilhas fortes, mas o foco de Kat continuava a arrastá-la de volta ao pênis. Longo, grosso e muito sedutor.

— Olhar para mim desse jeito não vai te fazer chegar ao trabalho nem um pouco mais rápido.

Certo. Trabalho. Ela deu um passo para trás, mas seu joelho fraquejou, cedeu por completo e ela se desequilibrou.

O copo de café se chocou no chão de madeira assim que Sloane a segurou pelos cotovelos e a estabilizou.

Um rubor começou no seu peito e subiu pelo pescoço. Odiava quando isso acontecia: a perda total de controle sobre a perna e o desequilíbrio.

— Obrigada. Desculpe.

Continuando a segurá-la, ele se aproximou mais, dando-lhe uma visão da raiva e da preocupação que sentia.

— Você forçou muito nos golpes de joelho ontem à noite.

Porque ela queria aprender, droga. Mais e mais, Kat ia se dando conta de que precisava ter o controle de sua vida imediatamente. Então, sim, talvez tivesse exagerado no apoio sobre a perna ruim para chutar o joelho de Sloane. Mas o joelho fraquejar? Era a sua realidade.

— Minha perna cede às vezes. Acontece. Eu sigo em frente. — Tinha uma joelheira e uma bengala no trabalho se o dia se mostrasse ruim.

— Eu confio em você para pedir uma pausa quando a perna precisar de um descanso. — O maxilar dele pulsava. — Deveria ter me dito antes que eu te fodesse no chuveiro e depois de novo na cama.

Raiva ultrapassou o constrangimento.

— Isso tudo é só sexo. Minha perna é problema meu. — Rangendo os dentes, acrescentou: — Não deveria ter deixado você passar a noite. — Liberando os braços, ela pegou a caneca do chão. Havia fechado a tampa, por isso não havia derramado nada que precisasse ser limpo. Tudo com que precisava lidar era o orgulho ferido e um homem nu olhando feio para ela.

— Arrependimentos? — ele perguntou em voz baixa.

Ela fechou os olhos, espantada com a facilidade com que Sloane enxergava através de seu mau humor. Soltando o ar, ela o encarou.

— Mais como um nervosismo matinal. — E uma

confusão absurda. — Eu só... preciso ir para o trabalho.

Sloane tocou seu cabelo.

— Se te faz sentir melhor, isso também é novo para mim. Não costumo passar a noite. — Ele foi para o banheiro.

Melhor? Que tal apavorada? Será que ele queria algo mais? Não, por que ia querer? Ela era uma confeiteira com uma perna ruim e bagagem suficiente para encher sua limusine chique. Haviam concordado em alguns termos. Ele só havia passado a noite porque tinha ficado tarde. Ou talvez ele estivesse forçando um pouco os próprios limites. Ok, isso funcionava para ela.

Com mãos nervosas, Kat rapidamente arrumou a cama, embora uma parte sua quisesse subir de novo e... não. Se ia se manter forte, tinha que cortar aqueles pensamentos pela raiz.

Sloane saiu do banheiro e a puxou para um beijo. Ela sentiu o gosto de sua marca de pasta de dente e o sabor mais rico, mais intenso, de Sloane. Ele se afastou e sorriu.

— Bom dia. Usei a sua escova de dentes. Troque se você for fresca.

O beijo disparou uma onda de desejo, confundiu seu bom senso, e a fez esquecer as ansiedades. Como ele fazia isso com tanta facilidade? *Não responda! Concentre-se em coisas práticas.*

— Hum, vou te levar para casa.

Ele pegou o telefone e começou a digitar uma mensagem.

— Você precisa ir para o trabalho. Vai ser mais rápido se eu te acompanhar até a confeitaria. O Ethan pode me pegar lá.

Funcionaria melhor para ela. — Está bem.

— Eu dirijo.

Até parece.

— O carro é meu. Eu dirijo. — Ela pegou os cafés e entregou-lhe um dos copos.

Ele se inclinou mais perto.

— Quer as minhas mãos ocupadas dirigindo ou percorrendo o seu corpo enquanto você dirige? A escolha é sua.

Ela bufou e o conduziu pelo corredor, passando pela lavanderia pequena a caminho da garagem.

— Será que você ao menos conhece o conceito de jogar justo?

Ele estendeu a mão para as chaves. — Eu jogo pra ganhar, confeiteira. Toda vez.

Kat entregou as chaves e se perguntou se estava oferecendo muito a ele. Muito de si mesma. Precisava se lembrar de que aquilo era um acordo, uma proposta.

Uma vez na rua, ela disse: — Deixei você dirigir, agora tem que responder a algumas perguntas. — Kat queria saber mais sobre ele. Sempre conversavam a respeito dela.

Ele a olhou de soslaio. — Isso não estava no acordo.

— Leia as letras miúdas da próxima vez.

— Trapaceira.

Ela riu. — Já que você conheceu a minha família, me fale sobre a sua.

Sloane apertou o volante. — Não tem nada para falar. Meu pai foi apenas um doador de esperma. Minha mãe estava por perto de vez em quando. Outras vezes eu fiquei em lares adotivos.

Kat agarrou o copo preto de viagem que estava apoiado entre as coxas.

— Lares adotivos? Sinto muito. — Devia ser uma droga. Sua família podia ser ruim, mas estivera presente quando ela precisou. Será que Sloane tinha alguém por ele? — Sua mãe ainda está viva?

Conduzindo o pequeno utilitário pelas ruas, no silêncio do começo da manhã, ele manteve os olhos na via.

— Está.

— Ah. — Ela o estava deixando sem graça, mas mesmo assim queria saber mais, entendê-lo melhor. Ok, precisava saber que tinha alguém para cuidar dele se precisasse. — Vocês são próximos hoje em dia?

— Não. — Ele virou a cabeça, prendendo-a com um olhar severo. — Chega, Kat.

Tudo bem. Ela trocou a mãe dele por outros familiares.

— Algum irmão?

Ele apertou os lábios.

O silêncio engrossou até quase machucá-la. Cedendo, ela disse: — Desculpe, não é da minha conta. — Não era. Sim, ele tinha conhecido sua família na noite anterior, mas ela o havia levado lá. Ela havia aberto aquela caixa de Pandora, não Sloane. Não lhe dava carta branca para interrogá-lo.

— Não gosto de falar sobre a minha infância e adolescência.

— Ok. — Kat não havia deixado de notar que ele não

havia respondido à pergunta sobre os irmãos. Se bem que não fazia ideia do que isso significava. Estavam juntos por conveniência e sexo, não para compartilhar questões pessoais e dolorosas. Não cabia à Kat se preocupar por ele não ter ninguém para ajudá-lo se precisasse. — Então o que acontece agora? Você me liga quando quiser que eu te acompanhe a algum lugar? — Se é que ele ainda queria. Depois da pergunta sobre a família, ele tinha ficado frio e distante, e isso provocava a insegurança de Kat.

Os ombros dele relaxaram um pouco.

— Você tem vestido social? Se não tiver, compre. Tenho uma degustação de vinhos e aperitivos e depois um jantar numa adega em Temecula, no sábado da semana que vem. É de negócios. Vou pedir para o meu assistente te dar os detalhes sobre o evento. — Ele entrou no estacionamento da confeitaria.

Kat ficou gelada. — Não uso vestidos sociais.

Ele estacionou e a encarou. — Isso é só bobagem. Você tem pernas lindas. Arranje um lindo vestido. — Escancarando a porta, ele saiu.

O peito dela se apertou com o simples pensamento de usar um vestido. Pegando a bolsa e mudando o café de mão, ela procurou a porta.

Que abriu antes que a tocasse. Sloane ocupava todo o espaço.

— Gire as pernas para fora.

— Eu sei como sair de um carro. — Ela se virou e então notou a limusine cinza-escuro de Sloane entrando no estacionamento. Parou do outro lado, perto da rua e ficou com o motor ligado, esperando.

As mãos dele a envolveram pela cintura e, sem esforço ele a levantou até o chão. Kat respirou fundo.

Ele bateu a porta, entregou-lhe as chaves e disse: — Você vai comprar um vestido social e vai usá-lo.

Ah, sim, ela ia comprar, logo depois de colocar fogo no cabelo.

— Com o que você está tão nervoso?

Ele travou o maxilar. — Não costumo ficar nervoso. Mas droga, você faz alguma coisa comigo.

Talvez ela não fosse a única um pouco fora do prumo.

— Vou de calça ou de vestido longo. E não uso salto alto.

Ele estreitou os olhos. — Eu te pedi para usar salto alto?

— Você não me pediu nada. Só está dando ordens.

Sloane recuou e relaxou os ombros visivelmente.

— Você está certa. Porra. — Passou a mão pelos cabelos. — Ok, o salto alto eu entendo. Mas eu gostaria muito que você usasse um vestido social para a adega. Pode pensar a respeito?

Ela se encostou no carro. Sentiu o metal frio nas costas enquanto o copo de viagem estava quente em sua mão.

— Não sei se consigo. Seria tão ruim se eu fosse de calça?

Ele colocou a mão no teto do carro e olhou para ela.

— Não. O que é ruim é você achar que tem algo a esconder. São as suas cicatrizes, Kat. Você as ganhou da maneira mais difícil. Por que está escondendo?

As palavras de incentivo não afogavam as lembranças ou a humilhação que que lhe traziam. A menininha que começou a chorar quando viu as cicatrizes de Kat e a anfitriã de uma festa de piscina pedindo para cobri-las ou ir embora. Ou quando ela e David tentaram transar, mas ele não conseguiu manter a ereção e culpou sua deficiência.

Eram só desculpas, não eram? Formas de encobrir a verdade em que ela odiava pensar, que dirá compartilhar.

— Eu estava vestindo uma saia curta na noite em que fomos atacados — confessou. — Não quero me sentir exposta e vulnerável daquele jeito nunca mais. — Ela levantou uma sobrancelha para ele. — Alguma outra cicatriz emocional que você queira usar para pegar no meu pé enquanto se recusa a me contar sobre coisas básicas como a sua família? — Ah, bom, a mal-humorada estava de volta.

Sloane baixou a cabeça, os ombros curvados. Quase um minuto se passou antes que ele erguesse o olhar.

— A tatuagem é a minha cicatriz. O S é de Sara, minha irmã. Ela morreu. — Ele olhou para o braço. — Não vou esquecer. Nunca.

Um choque atordoante a atingiu primeiro. Depois as palavras fizeram sentindo e uma dor por ele devastou seu coração. Seus olhos ardiam. Agora entendia por que ele não queria falar sobre a família; doía demais. Mas mesmo assim havia dividido aquilo com ela, porque ela havia dividido a história de sua cicatriz com ele. Encostando a mão no peito de Sloane, Kat sentiu a batida lenta e brutal de seu coração.

— Sinto muito.

Ele cobriu a mão com a sua, segurando-a apertado no peito. — Não posso...

Ela balançou a cabeça.

— Não estou pedindo para você dizer mais nada. — Sara era dele, a irmã que tinha perdido. Era tudo o que ele conseguia compartilhar. E era o suficiente.

Talvez até demais.

Hora de se distanciarem um pouco. Ela precisava ir trabalhar, entrar em sua zona de segurança, onde podia pensar. Porque se ficasse ali por muito tempo, escorregaria num terreno emocional perigoso. Apesar da mão cobrindo a sua, Kat sabia que ele não queria isso.

Nenhum deles queria. Era esse o motivo de terem um acordo.

Para Sloane, ela respondeu: — Vou pensar sobre o vestido.

Ele soltou sua mão. — Está bem — começou, mas o telefone tocou. Pegando-o, ele olhou na tela, depois se inclinou e a beijou. — Trabalhe, confeiteira. — Deu um passo para trás, colocou o telefone na orelha e atendeu: — Michaels falando.

Kat se afastou, procurando entre as chaves para encontrar a da porta da confeitaria, enquanto equilibrava o café. Ela passou pela limusine à espera, mas mal prestou atenção, sentindo os olhos de Sloane sobre ela, mesmo que ele continuasse a falar no telefone. O sol estava nascendo, projetando longas sombras. O estacionamento ficava ao lado da confeitaria, a fachada do prédio fazia frente para a rua. Tinha uma entrada nos fundos, mas a da frente era mais segura quando o dia ainda não tinha clareado por completo.

Um poste de luz iluminava a vitrine. Kat parou, observando-a. *Sugar Dancer Confeitaria* estava escrito no vidro, em cores cintilantes. O começo do S e o fim do A se curvavam na silhueta de uma dançarina. Cada vez que ela via, sentia um impulso de felicidade.

Minha. Tinha trabalhado duro, e agora tinha a própria confeitaria.

Era hora de ligar os fornos. Voltando-se para a porta, ela colocou a chave.

Uma mão pousou pesada em seu ombro.

Kat deu um pulo, deixando cair o copo de viagem. O coração quase saiu pela boca. Ela girou e olhou para o homem parado.

David.

O que ele estava fazendo ali? Não fazia sentido. Estava com bolsas ao redor dos olhos. Será que sequer tinha pegado no sono naquela noite? O que estava errado com ele? Ansiedade apertou o peito de Kat.

Ele moveu sua mão para o braço dela.

— Vamos conversar, Katie. Sem interrupções desta vez. Abra a porta.

Os dedos dela começaram a formigar e a perder a sensibilidade, sua visão periférica começou a ficar acinzentada. Sua mão deslizou e deixou as chaves penduradas na fechadura.

Respirando fundo, ela disse a si mesma para ficar calma e controlada.

— Não. Me solte, David. Agora.

Os lábios dele se curvaram com desprezo.

— Pare de ser infantil. Precisamos conversar sobre os seus *flashbacks*. Há coisas que você não entende. — Ele apertou seu braço. — Mas tem que me dizer exatamente do que você se lembra.

Não era certo. Aparecer de repente e exigir informações depois de tê-la deixado em paz por anos.

— Eu disse não. — Sua voz ficou mais forte, e um minúsculo grão de orgulho a aqueceu. — Se você tem algo a me dizer, tire as mãos de cima de mim, afaste-se e então eu vou ouvir.

Ele a puxou para mais perto.

— Entre. Não tenho intenção de ficar aqui fora para o tanque do seu namorado brincar de herói. Agora abra a porta.

Quando um homem não tirar as mãos de cima depois que você pedir para ele te deixar em paz, considere-o uma ameaça.

As palavras de Sloane ecoaram em sua mente e ela reagiu. Abaixou o cotovelo sob o ponto onde David a segurava e girou o braço para se desvencilhar e tirar a mão dele de cima.

Funcionou. Assim como Sloane tinha mostrado. Corada com o sucesso, ela olhou para cima, vendo David investir, agarrando-a pelos ombros.

Suas pupilas estavam contraídas; a respiração, rápida. Manchas de cor pintavam seu rosto.

— Você tem que deixar isso para lá. Venho tentando te proteger. Mantenha sua boca fechada e aceite que fomos assaltados naquela noite.

Kat o empurrou. Seu escasso senso de controle desapareceu. O medo explodiu em suas veias.

— Fique longe de mim!

Ela apareceu: rala e distante nas sombras de sua mente. Uma memória reluzindo, um taco de beisebol balançando em sua direção.

Deus, pare!

Consequências, Dr. Burke.

Névoa cinzenta consumiu sua visão, até que só conseguisse enxergar através de um túnel. Parecia que tinha lama subindo por seu peito, bloqueando o ar. Um zumbido rugiu em seus ouvidos.

A boca de David se moveu, mas não conseguiu ouvi-lo.

Lute! Quebre o contato!

Desesperada, ela se concentrou na vozinha. Obrigou-se a respirar, afastando do caminho o pânico que tomava corpo. As mãos estavam dormentes, mas precisava tentar. Dobrando os cotovelos, ela ergueu as mãos juntas entre as dele, que a seguravam pelos ombros, e as afastou para quebrar o contato.

David bateu com as costas na porta. Segurando-a agora logo acima dos cotovelos, ele prendeu seus braços para que ela não conseguisse lutar, lançando-a numa espiral de pânico.

Não! Não deixaria isso acontecer. Sloane tinha dito que a luta era tanto mental quanto física. *Pense.* Seus braços estavam presos, então usaria as pernas. *Golpe no joelho.*

Equilibrando-se na perna boa, ela chutou, mirando o joelho, mas atingiu a canela. Um choque de dor irradiou por sua perna. Girando para escapar dele, ela resmungou:

— Me solta! — Raiva a instigou e ela chutou de novo.

David a puxou para a frente e a jogou na parede.

— Para! — Ele apertou os dedos em torno dos braços dela. — Você não está ouvindo o que eu...

Um rugido, grave e furioso, o interrompeu. Antes que Kat pudesse assimilá-lo, David foi arrancado de perto dela, levantado e arremessado.

Ela se encolheu ao ouvir o som dele batendo na calçada e gritando.

As costas de Sloane encheram sua visão. Estava com a mesma camisa do dia anterior, só que agora as costuras do tecido esticavam em seus ombros quando ele os flexionava e mexia.

— Você me atacou! — David gritou para Sloane. — Vou chamar a polícia!

Engolindo o ar, Kat se apoiou na figura gigantesca de Sloane para ver David se levantando e limpando o sangue de um arranhão no braço. Logo em seguida, ela desejou desesperada que tivesse batido nele. Desejou socar seu nariz e o fazer sangrar. Ele estava choramingando, dizendo que Sloane o tinha machucado, quando tinha acabado de sacudi-la como uma boneca de pano, aterrorizando-a. O que diabos tinha acontecido com ele? Antes do assalto ele nunca a havia jogado na parede.

Sloane deu um passo na direção de David.

— Faça isso, idiota. Eu vi você com as mãos na Kat. O meu motorista na limusine também viu. Você vai para a cadeia.

— Eu? — David ficou boquiaberto com o choque. — Estou tentando ajudá-la!

As mãos de Sloane cerraram ao lado do corpo, e os braços flexionaram e estufaram. Até mesmo os antebraços saltaram.

— Você a sacudiu. Jogou-a na parede. Tem sorte de eu não quebrar seu queixo por isso. — Parando por um segundo, ele acrescentou em um tom baixo mortal: — Da próxima vez que você encostar sua mão de merda nela, eu a quebro.

David cambaleou para trás, agarrando um poste de luz. Seus olhos estavam arregalados, o olhar percorria toda a volta como se ajuda fosse aparecer. Kat via tudo, via como se estivesse assistindo a um programa de TV. Algo brilhou em sua mente, uma imagem de outra cena. Outra época. *Alguém agarrando-a, segurando-a como David segurava o poste de luz... a dor...*

Então a imagem sumiu e a realidade voltou ao lugar, fazendo-a transpirar, dando tontura. Seus dedos formigaram.

Flashbacks do ataque de seis anos antes. Costumavam vir em pesadelos, mas ela não podia se agarrar a eles, sempre escapuliam.

Um movimento chamou sua atenção. David saiu correndo e desapareceu. Sloane se virou e foi até ela.

— Deixe eu ver os seus braços, onde ele te pegou, Kat. Está ferida?

— Não! — Desesperada por controle, ela disse: — Fique longe. — Tudo estava fechando o cerco ao seu redor. Os *flashbacks*, o pânico, a incapacidade de lutar contra David e uma raiva feia e feroz queimando suas entranhas. Ela não tinha ideia do quanto tinha passado a odiar David. Odiava que tivesse ficado indefesa, que não pudesse lembrar o que tinha acontecido na noite do ataque. Ele não só havia mentido para ela, como mentido também para a sua família. Aquela manhã era a prova, ele estava desesperado para que ela não se lembrasse.

E Sloane assomava em sua frente, maior que a própria vida, depois de tê-la resgatado de novo. Se ele a tocasse, ela iria desabar, perder o controle. Atirar-se nos braços dele, procurando pela força que lhe faltava.

O mero pensamento causava náusea. Deixaria de ser Kat, a mulher que estava lutando arduamente para se tornar, e voltaria a ser Katie, desesperada por qualquer resquício de afeto.

Sloane parou a alguns metros, com as mãos ao lado do corpo.

— Não vou chegar mais perto. Só me diga se você está bem.

Sua bondade, sua compreensão, quase a empurraram pela borda. Lágrimas quentes ameaçavam, e sua garganta estava embargada.

Ela poderia facilmente se dissolver em fraqueza, deixando que os outros cuidassem dela, tomassem decisões...

Ela não seria nada. Exatamente o que a sua família pensava que era.

Kat se segurou, endireitando as costas.

— Era para você estar me ensinando a cuidar de mim mesma. Não tendo que lutar as minhas batalhas. Esse não é o acordo. — Acabaria contando com ele, e quando as coisas terminassem, ele iria embora...

Todas as rachaduras que tinha, enfim se quebrariam e se abririam. Incapaz de lidar com tudo isso, ela se virou e parou sob uma explosão de dor quente no joelho. Quando o pior passou, viu as chaves penduradas na fechadura. Depressa, abriu a porta, entrou mancando, fechou e trancou.

Trancou Sloane, David e o resto do mundo para fora.

Trancou-se do lado de dentro.

Sem olhar para trás, ela foi para a cozinha, acendeu a luz e desabou no banquinho com a bolsa ainda pendurada no ombro. Tremendo, colocou as mãos sobre a bancada de trabalho de aço inox.

No conforto de sua cozinha, o pânico selvagem acalmou e os pensamentos espiralantes desaceleraram. Seu peito ficou mais calmo, a visão retornou.

Tinha falhado. Deixara David a encurralar num canto e depois tivera um ataque de pânico completo. Em vez de usar com eficiência o que Sloane a estava ensinando, havia se atrapalhado com as aulas, até mesmo usando a perna errada para chutar. Errando o alvo.

E pior, muito pior, quando ouviu a voz enfurecida de Sloane e viu David ser arrancado de cima dela, se sentiu aliviada. Feliz.

Tinha entrado nessa de ser a companhia de Sloane na esperança de se tornar mais forte. Aprender a cuidar de si mesma.

Não para confiar num homem. Em homem nenhum. Nunca.

Seu telefone apitou com uma mensagem de texto. Ignorando o pulsar persistente na perna, ela tirou bolsa do ombro e pegou o telefone. A mensagem era de Sloane.

Preciso saber se você está bem.

Olhou fixo para a mensagem por alguns minutos. Por fim, digitou a resposta:

Não estou ferida.

Sua perna não contava, isso era apenas uma parte de quem era agora. Enviou e se perguntou onde estava Sloane. Tinha ido embora? Estava sentado lá na frente?

O celular apitou outra vez.

Kat olhou para a resposta e empalideceu. O acordo tinha sido um erro? Será que era realmente forte para suportar pertencer a Sloane Michaels? Ela releu a mensagem:

Se ele te tocar de novo, vou bater nele.
Enquanto estivermos juntos, você é minha.
Eu protejo o que é meu.

Continua...

Agradecimentos

Anos atrás, escrevi alguns capítulos sobre uma heroína que eu amava, mas a história em si não estava certa. Fiquei cada vez mais frustrada, incapaz de apontar o problema, até que precisei seguir em frente com outro projeto. Ainda assim, Kat Thayne sempre continuou comigo, forte e vívida, até o leve coxear. Ela era como uma obsessão paciente, apenas esperando que eu realmente a enxergasse e a entendesse.

Então, meu filho se feriu num acidente absurdo e tudo mudou num instante. Naqueles longos meses de preocupação agoniante, ansiedade impotente e noites sem dormir, durante a recuperação do meu filho, pude conhecer Kat na intimidade - suas lutas internas, suas felicidades, seus sonhos e tristezas. E também conheci o homem que mudaria tudo por ela, Sloane Michaels, que a enxerga como eu: forte, confiante e, sim, a vida lhe deu algumas cicatrizes, mas para ele, esses detalhes a tornam muito mais bonita.

Sem dúvida alguma eu tinha que escrever a história de Kat e Sloane. Porém, ainda havia muito trabalho a fazer e, nesse percurso, recebi muita ajuda. Primeiro está o meu marido. Cada vez que a dúvida rondou minha alma, ele a expulsou com seu apoio inabalável. Há o meu filho durão, vivendo uma nova realidade com força e dignidade que me impressionam. E seus dois irmãos, muito parecidos com o pai - não resmungam e não reclamam, apenas fazem o que precisa ser feito. Sou grata à minha família diariamente.

Este livro não teria sido escrito sem minhas amigas: Laura Wright, Marianne Donley, Maureen Child e Kate Carlisle. Vocês estão comigo desde o início, sempre prontas a ler algumas páginas ou o livro todo, ajudar a pensar ou simplesmente ouvir. Obrigada!

Um muito obrigada à minha editora, Sasha Knight, por me impulsionar a ir mais fundo na história, e por se esforçar tanto para melhorar a minha escrita com seu talento incrível e profissionalismo infalível. Este livro está muito melhor por causa das suas opiniões e incansável caneta editorial.

Finalmente, a todos os meus amigos/fãs, que proporcionaram apoio incrível à escrita desta série, mesmo que seja uma direção nova para mim. Sua fé em mim me enche de humildade, e, ao mesmo tempo, me inspira a trabalhar com mais afinco para ser digna. Obrigada!